Scott O'Dell • Rollender Donner

OMNIBUS

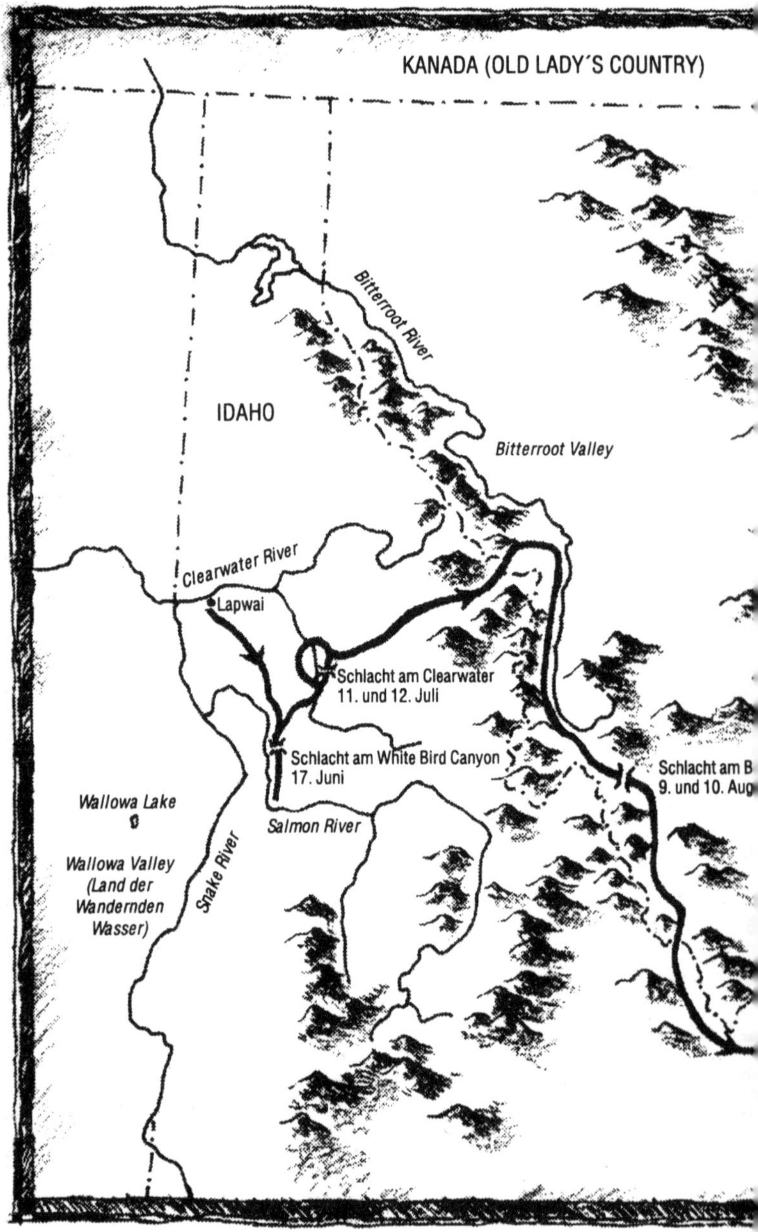
KANADA (OLD LADY´S COUNTRY)
Bitterroot River
IDAHO
Bitterroot Valley
Clearwater River
Lapwai
Schlacht am Clearwater
11. und 12. Juli
Schlacht am White Bird Canyon
17. Juni
Schlacht am B
9. und 10. Aug
Wallowa Lake
Salmon River
Wallowa Valley
(Land der
Wandernden
Wasser)
Snake River

MONTANA
Schlacht von Bear Paws
1. bis 5. Oktober
Bear Paw
Mountains
Der Weg der
Nez Percé
Juni – Oktober 1877
Helena
Yellowstone River
Kampf gegen die Crows
13. September
rginia City
Land der
Spirit
Fountains
ht von
Meadows
gust
ABSAROKA
MOUNTAINS

DER AUTOR

Scott O'Dell wurde um 1900 in Los Angeles/USA geboren. Nach dem Studium arbeitete er vorübergehend beim Film, dann als Journalist und Herausgeber einer Zeitung. Bereits sein erstes Jugendbuch, »Insel der blauen Delphine«, wurde ein Welterfolg. Danach hat Scott O'Dell viele Romane für Jugendliche verfasst und ist für sein Werk vielfach ausgezeichnet worden. Er starb 1989 während der Arbeit an diesem Roman.

Elizabeth Hall, seine Frau, war Bibliothekarin und kam über ihren Mann zum Schreiben. Nach langjähriger Zusammenarbeit hat sie diesen Roman auf Wunsch ihres Mannes hin vollendet.

Scott O'Dell

Rollender Donner

Aus dem Amerikanischen
von Hans-Georg Noack

OMNIBUS

OMNIBUS

Band 20366

Der Taschenbuchverlag
für Kinder und Jugendliche
von C. Bertelsmann,
München

Für Susan

Umwelthinweis:
Dieses Buch wurde auf chlorfrei gebleichtem Papier gedruckt.

Genehmigte Taschenbuchausgabe Juli 1998
Gesetzt nach den Regeln der Rechtschreibreform

Die Originalausgabe erschien 1992 unter dem Titel
»Thunder Rolling in the Mountains« bei Houghton Mifflin

Übersetzer: Hans-Georg Noack
Umschlagbild: Klaus Steffens
Umschlagkonzeption: Klaus Renner
bm · Herstellung: Stefan Hansen
Satz: Uhl + Massopust, Aalen
Druck: Presse-Druck Augsburg
ISBN 3-570-20366-2
Printed in Germany

10 9 8 7 6 5 4 3 2 1

Vorwort

Zur Zeit seines Todes war Scott O'Dell sehr intensiv mit der Geschichte des Häuptlings Joseph und seines Volkes beschäftigt. Ihr Mut und ihre Entschlossenheit angesichts von Grausamkeit, Verrat und bürokratischer Ignoranz bewegten ihn tief. So tief, dass er noch im Krankenhaus bis zwei Tage vor seinem Tod am Manuskript arbeitete.

Einige Jahre zuvor waren wir dem Weg gefolgt, den im Jahre 1877 Häuptling Joseph und seine tapfere Schar zurückgelegt hatten: vom wunderschönen Wallowa Valley in Oregon bis zum kahlen Schlachtfeld von Bear Paws in Montana. Aus den Erfahrungen dieser Reise, anhand von Erinnerungen von Nez-Percé-Indianern und von Angehörigen der U.S. Army, mit Hilfe der Aufzeichnungen von Historikern und nach Scott O'Dells Anweisungen und Planungen zu dieser Geschichte habe ich das Manuskript vervollständigt. Scott hatte mich darum gebeten.

Die meisten Gestalten dieses Buches gehen auf wirkliche Nez Percé zurück, die meisten ihrer Worte und Taten sind nach den Erinnerungen von Überlebenden niedergeschrieben worden. Der Gestalt Swan Necklace haben drei Krieger zum Vorbild gedient: Strong Eagle, Yellow Wolf und der historische Swan Necklace.

Entscheidend wichtig für das Entstehen dieses Buches waren zwei Augenzeugenberichte, die Lucullus V.

McWhorter herausgegeben hat: »Yellow Wolf – Seine eigene Geschichte« (die Erinnerungen des Neffen des Häuptlings Joseph) und »Hear Me, My Chiefs!« (das auf Augenzeugenberichten beider Seiten beruht) und selbstverständlich auch »Chief Joseph's Own Story«, wie er sie 1897 während seiner Reise nach Washington erzählte.

Elizabeth Hall

Eins

An jenem Tag hatten wir in Deer Meadow* Wurzeln ausgegraben. Jetzt ritten wir schnell nach Hause.

Wir waren sieben und hatten gute Pferde. Ich ritt an der Spitze und zog ein zwischen zwei Stangen gespanntes Netz hinter mir her, das voller Kouse-Wurzeln war. Auf dem Pfad, den wir nahmen, gab es viele umgestürzte Bäume und auch Steingeröll, aber es zog ein Gewitter auf und dieser Weg war der kürzeste zu unserem Dorf. Seit vielen Monaten war ich diesen Weg nicht mehr geritten und er hatte sich in dieser Zeit ziemlich verändert. Ständig stießen wir auf umgestürzte Baumstämme, die ein solches Gewirr bildeten, dass ich mit meinem Schleppnetz nicht hindurchkam und jedes Mal um sie herumreiten musste.

Wir erreichten eine baumlose Stelle in den Bergen. Nordwind blies vom Hawk's Peak herab. Es war Frühling, aber der Gipfel war noch schneebedeckt und der Wind wehte den Schnee in nassen Wolken auf uns herunter. Der Pfad war kaum noch zu erkennen.

»Ich friere«, sagte Little Lark, eine meiner Kusinen. »Ich glaube, wir sollten lieber umkehren und den längeren Weg reiten.«

* Englische Ortsbezeichnungen und Namen werden im Anhang auf Seite 124 ff. in alphabetischer Reihenfolge erklärt.

Die anderen fünf Reiterinnen, unter ihnen zwei weitere Kusinen von mir, stimmten mit ihr überein, aber die Mädchen saßen nur auf ihren Pferden und sagten nichts.

»Wir haben ja keine Eile, meine ich«, sagte Little Lark. »Als wir zum Wurzelgraben aufgebrochen sind, haben wir unseren Müttern gesagt, dass wir drei Sonnen lang fortbleiben würden. Die dritte Sonne steckt irgendwo im Nebel. Sie wird über uns stehen, wenn wir zu Hause ankommen.«

Ich gab ihr meine Decke und wir ritten weiter und verließen den Bergpfad. Der Weg führte abwärts. Wir ließen den rauen Wind hinter uns und erreichten einen Fleck mit hohem Gras und einem gewundenen Bach. Die Wiese war wunderschön. Ich erinnerte mich, dass ich zu Beginn des Winters einmal über sie hinweggeritten war, als die Espen sich gerade golden färbten.

Die Espen waren jetzt nicht mehr da. Die Äste lagen zwar überall umher, aber die Stämme waren verschwunden. Sie waren dicht über dem Boden abgesägt worden.

An der anderen Seite der Wiese sah ich Rauch aufsteigen. Er kam aus einer Hütte, die jemand aus den Espenstämmen gebaut hatte.

Wir zügelten unsere Pferde, saßen stumm da und starrten zum Blockhaus hinüber. Die Pferde waren aufgeregt. Sie hoben die Köpfe und prüften mit weiten Nüstern die Luft. Und wir waren noch aufgeregter als die Pferde.

»Was ist das?«, fragte meine Freundin White Feather.

»Das sind Weiße«, antwortete ich. »Indianer bauen solche Blockhäuser nicht.«

Wenn unsere Häuptlinge sprachen, hatten sie oft von

weißen Menschen geredet. Auf unser Land hatten sie noch niemals einen Fuß gesetzt, nur auf das Land, das einem Teil unseres Stammes gehörte, denen, die sich Christen nannten und ihr Land an den Großen Vater verkauft hatten, der weit fort in einem Ort wohnte, der Washington hieß. Die Weißen wurden Siedler genannt und sie kamen hierher, um Samen auszusäen, aber vor allem, weil sie aus den Flüssen und den Felsen Gold ausgraben wollten.

Ich riet meinen Kusinen und den anderen Mädchen, im Schritt zu reiten und die Augen offen zu halten. Von ihnen hatte keine eine Waffe, aber ich trug eine Büchse bei mir. Mein Großvater, der Alte Joseph, hatte sie mir vor über sechs Schneezeiten gegeben, als er im Sterben lag. Bis zu meinem vierzehnten Geburtstag vor drei Monden hatte sie in der Hütte an der Wand gehangen. Dann hatte ich sie abgenommen, denn ich, Sound of Running Feet, war nun eine Frau.

In dieser kurzen Zeit hatte ich gelernt, die Büchse zu gebrauchen. Anfangs war sie mir zu schwer gewesen und ich hatte sie auf einen Ast oder auf den Rücken meines Pferdes stützen müssen, ehe ich schießen konnte. Jetzt konnte ich richtig mit ihr umgehen und war eine gute Schützin geworden. Mein Vater mochte die Büchse nicht. Aber schließlich hatte der Alte Joseph sie mir geschenkt. Jetzt, da er tot war, wäre es nicht gut gewesen, etwas gegen ein Geschenk von ihm einwenden zu wollen. Er könnte dann wiederkommen und Ärger machen.

Drei Kinder saßen unter der Tür des Blockhauses. Als wir vorüberritten, waren sie so still wie Mäuse, wenn eine Eule in der Nähe ist.

Nur ein kurzes Stück vom Blockhaus entfernt überquerte unser Pfad den Bach. Ein Mann und eine Frau, die ihr Haar auf dem Kopf hochgesteckt trug, standen bis zu den Knien in der Strömung. Die Frau schwenkte eine Kupferpfanne und ließ sie vom Wasser überspülen. Der Mann füllte die Pfanne immer wieder mit Erde, die ein Junge unseres Stammes ihm auf einer Schaufel reichte.

Die Frau arbeitete weiter, als sie uns sah, doch der Mann unterbrach seine Tätigkeit. Er war groß und hager und hatte einen struppigen Bart und einen kleinen kahlen Kopf. Er sagte etwas, das ich nicht verstand, bis es der Junge in unsere Sprache übersetzte.

»Er möchte wissen, wie es euch geht«, erklärte uns der Junge.

Ich antwortete nicht und auch die anderen hinter mir schwiegen. Nach einer Weile sagte ich: »Frag den weißen Mann, warum er ein Blockhaus auf Land gebaut hat, das ihm nicht gehört.«

Den Jungen kannte ich. Er trug Tätowierungen auf den Handrücken. Eine Zeit lang war er zur Missionsschule am Snake River bei Lapwai gegangen, am Platz der Schmetterlinge. Sein Name war Storm Cloud und er war in einen Mord verwickelt gewesen.

Ich fragte ihn noch einmal. Er sah mich zornig an, ehe er das Wort an den weißen Mann richtete.

Der weiße Mann sagte etwas und Storm Cloud übersetzte: »Ihr Nez Percé habt zu viel Land. Ihr könnt gar nicht alles verwenden; noch nicht einmal die Hälfte davon, nicht einmal ein Zehntel des Landes. Ihr seid eine habgierige Bande.«

Die Weißen nannten uns Nez Percé, obwohl das nicht

unser Name war. Sie sagten, es bedeute: »Die mit dem Loch durch die Nase«. Keiner von unserem Stamm hatte jemals Nasenschmuck getragen, aber wenn die Weißen etwas behaupteten, dann konnte nichts sie davon abbringen.

Wir alle waren sehr erzürnt und starrten einander an. Dann warnte uns der weiße Mann, wir sollten nicht unsere Krieger schicken, um mit ihm zu reden.

»Wenn ihr das tut, gibt es Ärger«, sagte er. »Mein Name ist Jason Upright und ich habe Freunde.«

Ich kniff die Lippen zusammen, um die Worte zurückzuhalten. Dann stieß ich meinem Pony die Fersen in die Seiten und wir ritten alle durch den Bach und über die Wiese.

Am Ende der Wiese erhob sich ein baumbestandener kleiner Hügel. Als wir die Anhöhe erreicht hatten, sprang ich vom Pferd und zielte mit meinem Gewehr sorgfältig auf die Kupferpfanne, die Jason Uprights Frau in der Hand hielt. Der Schuss riss ein großes Loch in die Pfanne und schleuderte sie hoch in die Luft.

Unser Weg folgte dem schlängelnden Bach und überquerte ihn mehrmals. Dabei hatten wir Schwierigkeiten mit dem Schleppnetz, das mit unserer reichen Wurzelernte gefüllt war. Wir stießen auch auf einen Bären, einen Grisli, der mitten auf dem Weg stand und Beeren von einem Wacholderbusch fraß.

Er überragte mich, obwohl ich auf meinem Pferd saß. Wir hielten Abstand und warteten ab, bis er so viele Beeren gefressen hatte, wie er wollte. Trotzdem kamen wir noch zu Hause an, bevor der Sturm von den Bergen herabwehte.

Zwei

In der Morgendämmerung wehte der Wind nicht mehr vom Hawk's Peak; er pfiff jetzt von allen drei der hoch aufragenden Berge auf unser Dorf herab. Wegen des Windes brannten an jenem Morgen draußen keine Feuer. Ich ging durch die große Hütte und verteilte die Wurzeln, die wir am Vorabend mitgebracht hatten.

Meinem Vater erzählte ich von den Weißen, die in einem Blockhaus an einem der Bäche lebten, die zum Wallowa River hinflossen. Ich sagte ihm auch, dass die Weißen dort Gold suchten, aber von dem Loch, das ich in die Kupferpfanne der Frau geschossen hatte, erwähnte ich lieber nichts.

»Das sind nur die Ersten, aber es sind noch mehr unterwegs«, sagte er.

Er sprach oft zu mir, denn er hatte keine Söhne. Im Gegensatz zu den anderen Mädchen im Dorf widersprach ich ihm auch häufig.

»Wir werden sie aufhalten. Hier wohnen wir!«, sagte ich und ärgerte mich bei dem Gedanken, dass die Weißen dort Bäume fällten und Weizen säten, wo unsere Pferde und Rinder weideten.

»Nein, Tochter. Wir sind wenige, sie sind viele. Sie sind Heuschrecken, die uns vernichten werden.«

»Nicht, wenn wir ihnen standhalten und kämpfen!«

»Wenn wir kämpfen, werden sie uns nur um so schneller umbringen.« Mein Vater wandte mir den Rücken zu. Das bedeutete, dass er kein Wort mehr von mir hören wollte. Sein Entschluss stand fest. »Dieser Wind gefällt mir nicht«, sagte er. »Er klingt wie der Donner von unzähligen Pferdehufen.«

Joseph, mein Vater, der Sohn des Alten Joseph, war ein geachteter Häuptling der Ne-mee-poo. Ihr Häuptling war er, weil er weit in das Land der noch nicht aufgegangenen Sonnen und Monde schauen konnte. Er sah die Schneeflocken, ehe sie fielen, sah den kleinen grünen Wurm im prächtigen Apfel. Er kannte die Gedanken, ehe sie ausgesprochen wurden. Er war ein freundlicher, gütiger Mann und meiner Meinung nach ging er mit den Weißen zu freundlich um. Er war kein Krieger.

»Auf den Rücken der galoppierenden Pferde sitzen Soldaten«, sagte er. »Ihr Anführer ist Howard.«

»Der Mann, der nur einen Arm hat?«, fragte ich.

Mein Vater nickte.

Wir standen zwischen ein paar Bäumen am Ufer des Wallowa Lake. Wellen schäumten den Strand herauf. Kräftige Bäume wurden vom Sturm gebeugt und geschüttelt. Die Matten rund um den Boden der Hütte schlugen wie Vögel, die gleich auffliegen wollen.

Groß und breitschultrig stand mein Vater da. Sein schwarzes Haar trug er in zwei langen, von bunten Bändern zusammengehaltenen Zöpfen.

Früher hatte er allerlei Spiele mit mir gespielt, aber jetzt nicht mehr. Nicht mehr, seitdem die Weißen gekommen waren, um Gold aus unseren Bergen und Bächen zu graben, und ich mich auf die Seite derer gestellt hatte, die kämpfen wollten.

»Warum kommt der weiße Anführer wieder?«, fragte ich. »Du hast ihm doch schon einmal geantwortet. Klare Worte hast du gesprochen.«

»Er kommt, weil er nicht glaubt, was ich gesagt habe.«

»Und du wirst es ihm noch einmal sagen?«

»Diesmal kommt er mit berittenen Soldaten.«

»Und du wirst es ihm trotzdem sagen?«

Mein Vater antwortete nicht. Sein Schweigen ließ mich befürchten, dass er am Ende schwach werden und den Soldaten nachgeben würde.

Ein einzelnes Pferd kam schnell auf uns zu. Auf seinem Rücken saß Too-hul-hul-sote, ein geachteter Priester, der Traumdeuter und Anführer der Späher aus dem Seven Devils Country. Er war in Wallowa, um mit meinem Vater über die Soldaten zu sprechen.

»Sie kommen!«, rief er. »Der einarmige General führt sie an!«

»Ich weiß«, antwortete mein Vater. »Ich höre ihre Pferde.«

Die Sonne starb, während wir am Ufer des Sees standen. Im letzten Licht kam eine Gruppe Soldaten aus den Wäldern geritten. Sie kamen schnell durch unser Dorf. Weit an der Spitze ritt General Howard, der Mann, der nur einen Arm hatte und silberne Sterne auf der Jacke trug. Er zügelte sein Pferd vor uns und ein Soldat trat hinzu und stellte sich neben meinen Vater, um den beiden Männern zu helfen, dass sie miteinander reden konnten.

»Beim Ritt durch euer Dorf«, sagte der General, »habe ich keinerlei Anzeichen dafür entdecken können, dass ihr euch meinem Befehl beugen und mit eurem Stamm aus Wallowa fortziehen werdet.«

Mein Vater entgegnete ihm mit höflicher Stimme: »Wir haben beschlossen, nicht nach Lapwai zu gehen, diesem fremden Ort. Er ist klein und weit entfernt und es gibt dort wenig Gras für unsere vielen Pferde.«

»Ihr habt tausend Pferde, Häuptling Joseph«, sagte General Howard. »Ihr habt tausende von Pferden. Ihr habt sogar mehr Pferde, als ihr jemals gebrauchen oder verkaufen könnt.«

Mein Vater sagte: »Ich bin nach Lapwai gegangen und habe es mir angesehen. Dort leben schon Indianer. Ich habe drei Hütten und viele Tipis gesehen.«

»Ich werde sie fortschicken«, antwortete der einarmige General. »Alle werden fortgeschickt und dann ist genug Platz für euch in Lapwai.«

»Es ist nicht gut, Menschen aus ihrer Heimat zu vertreiben«, sagte mein Vater.

Ein heftiger Windstoß packte uns. Der Bart des Generals wurde fast fortgeweht. Die beiden Männer standen sich gegenüber und starrten einander an.

Aus dem Baumgewirr hinter ihnen beobachteten drei Männer, von denen zwei rote Jacken trugen, was sich abspielte. Lautlos waren sie herangeritten. Ich kannte sie alle. Die Rotjacken waren Krieger, die geschworen hatten, General Howard und seine Soldaten bis zum Tode zu bekämpfen.

Ihr Anführer war Wah-lit-its. Er hasste die Weißen, weil ein weißer Mann seinen Vater ermordet hatte und für dieses Verbrechen niemals bestraft worden war. Red Moccasin Tops, sein Vetter, hasste die Weißen aus demselben Grund. Sie lebten nur für den Tag, an dem sie Rache nehmen würden. Die roten Jacken trugen sie, um die Weißen vor der Rache zu warnen, die eines Tages über sie kommen sollte.

Zwischen den Bäumen, ein wenig abseits, stand ein großer junger Mann, dessen Haar hoch aufgetürmt war und der ein mit Vögeln bemaltes Lederband um den Hals trug. Swan Necklace war der Vetter der beiden Rotjacken, aber ich wusste, dass er nur da war, um auf ihre Pferde aufzupassen.

Er hasste weder die Soldaten noch die Siedler und überhaupt keinen Menschen, nicht einmal seinen Vater, der ihn einen Faulpelz nannte und ihn manchmal mit einem heftigen Schlag aufs Ohr zu Boden warf. Er kam dann wieder auf die Füße, klopfte sich den Schmutz von der Jacke und lächelte.

Als ihn sein Vater, der alte Two Moons, das letzte Mal verprügelte, hatte ich zugesehen. Das war vor drei Sonnen am frühen Morgen. Swan Necklace war die ganze Nacht in den Bergen unterwegs gewesen. Er ging oft in die Berge und sammelte Körbe voll Erde in allen Farben: Gelb und Rot und Blau.

Die Erde vermischte er mit einer Flüssigkeit, die wie Wasser aussah, in Wahrheit aber sein Geheimnis war, und damit malte er dann Bilder von Sonne und Mond, von Hirschen und Büffeln. Die Bilder malte er auf Kleider und Jacken, auf Matten und Häute, ganz wie die Besitzer es haben wollten. Die Farben verblassten nie und gingen auch nicht ab.

Sobald Swan Necklace an jenem Morgen aus dem Wald kam und von seinem Pferd stieg, packte sein Vater die Körbe und verstreute die Erde, die sein Sohn darin gesammelt hatte.

»Hör mich an, du größter Faulpelz aller Berge und Täler und Wiesen weit und breit«, sagte er, »hör mich an!«

Swan Necklace hörte zu und lächelte ein wenig, doch das war mehr für ihn selbst als für Two Moons bestimmt.

»Der Tod streift durch das Land der Wandernden Wasser«, sagte sein Vater. »Wir sind von Soldaten umringt, die uns von unserem Land vertreiben oder uns töten wollen. Unsere jungen Krieger – du kennst sie alle, mit vielen bist du verwandt – haben ihre Waffen genommen und sie sind bereit, den Soldaten entgegenzutreten und zu sterben. Und du kommst aus den Bergen geritten und bringst Erde mit, um deine Bilder damit zu malen!«

Er versetzte seinem Sohn einen so heftigen Stoß, dass dieser zu Boden fiel, stellte sich über ihn und sagte: »Red Moccasin Tops und Wah-lit-its haben von mir die Decken bekommen, aus denen sie ihre roten Jacken gemacht haben. Jetzt gebe ich ihnen meinen Sohn, damit er sich um die Pferde kümmert. Ich habe mit ihnen gesprochen. Sie werden dich als Pferdewächter annehmen. Geh jetzt und sprich mit ihnen über die Pferde!«

Swan Necklace stand auf, doch er zögerte und ging nicht fort.

Sein Vater sagte: »Du hast keine Wahl! Geh oder ich stoße dich aus dem Stamm aus! Du wirst dann für den Rest deines Lebens umherstreunen und du wirst kein Ne-mee-poo mehr sein!«

Swan Necklace sah mich an. Wir waren zusammen aufgewachsen und seit so vielen Monden, wie es Sterne gibt, hatte ich ihn geliebt. Ich legte eine Hand auf mein Herz und sandte ihm das geheime Zeichen der Liebe.

Wortlos ging er davon, um mit den Rotjacken zu sprechen.

Drei

Der Wind zauste die Baumwipfel. Der einarmige General ließ seinen Bart los, mein Vater ordnete die Falten seiner Decke.

Der General forderte: »Sag mir, Häuptling der Nez Percé von Wallowa, dessen Klugheit von Freunden und Feinden gleichermaßen gepriesen wird, sage mir, ob du glaubst, dass ich früher und auch heute mit gespaltener Zunge zu dir gesprochen habe.«

»Nur mit einer Zunge«, antwortete mein Vater. »Und auch ich spreche nur mit einer Zunge. Deshalb glaube mir, dass wir nicht nach Lapwai gehen wollen.«

»Ich glaube dir, Häuptling Joseph, und du musst mir auch glauben. Ich sage dir und deinem Stamm noch einmal, dass ihr Wallowa verlassen müsst.«

Mein Vater dachte angestrengt nach. Sein Mund war fest geschlossen und er hatte die Hände an die Brust gepresst. Er schaute zu den schneebedeckten Gipfeln hinauf, zum blauen See und zu den grünen Wiesen, die von der Sonne gebleicht wurden.

»Du begreifst nicht, dass Wallowa meine Heimat ist, und du verstehst nicht, warum.«

Der General hörte nicht auf ihn. Er sagte etwas zu einem seiner Soldaten, der lächelte, aber mein Vater bemerkte es nicht. Aber ich bemerkte es und vor Angst stockte mir der Atem.

»Als ich zehn Schneezeiten auf dieser Erde gelebt hatte«, sagte mein Vater, »hier, auf diesem wundervollen Land, das uns umgibt, bin ich auf diesen Berg dort gestiegen.« Er schwieg und deutete mit beiden Händen auf den Berg. »Ganz oben, wo ich freien Ausblick in alle Richtungen hatte, habe ich mir ein Bett aus Steinen gerichtet. Ich hatte kein Wasser und keine Nahrung. Ich schloss die Augen. Ich steckte einen Stein in meine Nase und einen Stein in jedes Ohr, um mich wach zu halten. Und dann bin ich weit über den Himmel hinweggeflogen, weit über die Welt hinaus. Fünf Sonnen lang lag ich dort, den Leib auf dem kalten Stein, und mein Mund brannte vor Durst. Ich fing an mich zu fragen, wie viele Sonnen noch aufgehen sollten, ehe der Geist, der mir zum Führer bestimmt war, kommen und zu mir sprechen würde.«

Der General hörte noch immer nicht zu. Mein Vater sprach weiter. Er redete mehr zu sich selbst als zu dem weißen Offizier.

»Ich fragte mich, ob mein Geist überhaupt kommen würde oder ob er mich namenlos und allein zurücklassen würde, weil ich es nicht wert war, ein Mann zu sein. Und dann – ohne jedes Geräusch, mitten aus der Stille der Nacht – kam er. Sehen konnte ich ihn nicht. Ob er jung war oder alt, kann ich nicht sagen. Aber ich hörte ihn deutlich einen Namen aussprechen. Glücklich stieg ich vom Schneegipfel herab. Andere junge Männer, meine Freunde, waren auch zu dem heiligen Ort gegangen und hatten ihre Namen empfangen. Wir sangen unsere Namen, bis der Mond unterging und die Sonne aufstieg. Ich habe viele Namen, aber Thunder Rolling in the Mountains ist der Name, der mich für immer an dieses Land der Wandernden Wasser bindet.«

»Das viele Gerede ermüdet mich«, sagte der General.

»Ich habe genug davon gehört. Du und dein Stamm, ihr werdet Wallowa verlassen, ehe dreißig Sonnen gekommen und gegangen sind.«

Too-hul-hul-sote ging auf und ab und schaute unter den Falten seiner Decke hervor. Er war ein sehr großer Mann mit flammenden Augen und einer dröhnenden Stimme.

»Wer bist du denn, dass du uns sagen willst, was wir zu tun haben?«, sagte er zum General. »Du hast diese Berge nicht erschaffen. Das hat der Große Geist getan. Er hat die Flüsse und die Wiesen geschaffen, die Bäume und das Gras und die Tiere, die das Gras fressen, und die Vögel, die daraus ihre Nester weben. Alles hat der Große Geist erschaffen. Wer ist der Mann, der uns befehlen darf, unsere Heimat zu verlassen, unsere Mutter, und in ein Land zu gehen, das nicht das unsere ist?«

»Dieser Mann bin ich«, sagte der General zornig.

Mein Vater trat zwischen die beiden. Sicher fürchtete er, die hitzigen Worte könnten zu einem bösen Kampf führen. Einmal, als der General zum ersten Mal nach Lapwai gekommen war, hatte er mit Too-hul-hul-sote gekämpft, hatte ihn in Ketten legen lassen und in das Gefängnis der Soldaten geworfen.

»Ich kann mein Volk jetzt nicht nach Lapwai führen«, sagte mein Vater. »Der Snake River führt Hochwasser. Wir müssten durch reißendes Wasser, um von einem Ufer zum anderen zu kommen. Zu unserem Stamm gehören viele Frauen, Kinder und Alte. Ich habe tausende von Rindern. Die Hälfte von ihnen würde von der Strömung fortgerissen.«

Der General deutete mit seinem blitzenden Degen auf meinen Vater. »Hör zu!«, schrie er. »Ich habe mir genug

Ausreden angehört. Was ich jetzt sage, ist mein letztes Wort: Wenn du dein Volk nicht von hier fortgeführt hast, ehe dreißig Sonnen auf- und untergegangen sind, dann schicke ich Soldaten mit Gewehren und lasse euch vertreiben!«

Mein Vater zog seine Decke dichter um sich. »Ich höre deine Worte«, sagte er. »Ich gebe sie meinem Volk weiter. In dreißig Sonnen werden wir fort sein. Es soll kein Blutvergießen geben.«

General Howard nickte. Er lächelte nicht, doch aus seinem Blick sprach Zufriedenheit. Er winkte einem Soldaten, der blies in seine Trompete und die ganze Schar galoppierte davon. Mein Vater schaute ihnen nach, während sie über die Wiese jagten, durch den Fluss ritten und schnell verschwanden.

Während er ihnen nachschaute, sagte ich nichts, aber ich sah die Rotröcke aus den Büschen hervorkriechen. Swan Necklace wartete bei ihren Pferden. Er bestieg sein eigenes Pferd und alle drei ritten davon. Ich wusste, wohin die Rotröcke wollten. Pfeilschnell würden sie jetzt ins Dorf reiten und allen berichten, was sie gehört hatten. Sie würden sagen, dass Häuptling Joseph dem einarmigen General nachgegeben hatte. Sie würden erzählen, dass Too-hul-hul-sote dem General entgegengetreten war. Jedes Wort, das er gesagt hatte, würde noch einmal ausgesprochen werden.

Die jungen Krieger würden meinem Vater zuhören, denn sie liebten ihn, aber gehorchen würden sie ihm nicht. Niemals würden sie Wallowa verlassen. Sie würden Too-hul-hul-sote folgen, selbst wenn er sie in den Tod führte.

Das war gut. Die Vorstellung, von den Gewehren fremder Soldaten aus dem Land vertrieben zu werden, das ich liebte, jagte wilde Gedanken durch meinen Kopf. Ich sah mich selbst, wie ich mit einer Fackel in das Lager der Soldaten ritt und ihre Zelte in Brand setzte. Ich sah, wie ich mit dem Gewehr einen Soldaten von seinem Pferd schoss. Ich sah einen anderen Soldaten über die Wiese laufen und ich erschoss auch ihn.

Vier

Vor dem Ratszelt brannte ein Feuer. Dort hatte sich unser Stamm versammelt, um miteinander zu reden. Als wir herangeritten kamen, verstummten alle. Die meisten von ihnen würden Joseph, ihrem Häuptling, gehorchen. Alle bis auf die jungen Krieger würden ihm treu folgen, wohin er sie auch führen mochte.

Mein Vater blieb auf seinem Pferd sitzen. »Hört mir mit eurem Herzen zu«, sagte er und hob die Stimme gegen den Wind. »Ihr habt die traurige Nachricht gehört. Ihr wisst, dass wir unsere Heimat verlassen müssen. Einige von uns, die jungen Krieger, werden euch sagen: ›Geht nicht fort! Flieht nicht wie alte Weiber! Kämpft! Wir werden hier in Frieden leben!‹«

Alle rückten näher zu ihm. »Aber«, fuhr er fort, »an unserem See lagern viele Soldaten. So viele, wie wir Krieger haben. Und alle haben Gewehre. Im Fort Lapwai warten hunderte von ihnen. Vom Osten bis zum Westen warten noch mehr Soldaten, viel mehr. Ihnen ausweichen zu wollen, das wäre so, als wolle man in einem Hagelschauer einem Hagelkorn ausweichen.«

Die meisten drängten sich dicht an meinen Vater. Sie waren bedrückend still. Sie spürten die Wahrheit in seinen Worten, die wie schwere Steine auf sie niederfielen.

Von irgendwo zwischen den Bäumen rief Wah-lit-its: »Sitting Bull, der große Häuptling der Sioux, ist nicht fortgelaufen. Er hat gegen Custer gekämpft und alle seine Soldaten getötet.«

»Aber wo ist Sitting Bull jetzt?«, fragte mein Vater.

Darauf kam keine Antwort von Wah-lit-its.

»Weit fort ist er«, sagte mein Vater. »Er versteckt sich in Kanada, im Old Lady's Country.«

»Es wäre am besten gewesen, wenn er geblieben wäre und gekämpft hätte«, sagte Two Moons. Er stampfte hin und her und schwenkte seine Keule. »Dann gäbe es nämlich nicht mehr so viele weiße Soldaten!«

»Aber es gibt sie nun einmal, und zwar so viele, dass wir fortgehen müssen«, sagte mein Vater.

Mein Onkel Ollokot, der Beste der Krieger, nickte zustimmend. »Du sprichst die Wahrheit«, sagte er und hob einen Bogen aus Kirschbaumholz in die Höhe. »Dieser Bogen sieht stark aus«, sagte er, »aber gegen einen noch viel stärkeren kann er nichts ausrichten.« Mit einer schnellen Handbewegung zerbrach er den Bogen in zwei Stücke.

Mein Vater hob die Hand. »Noch zehn Sonnen, dann werden wir Wallowa verlassen. Schnürt alles zusammen, was euch wertvoll ist. Wir werden nicht zurückkommen. Jedenfalls wird bis dahin viel Zeit vergehen. Was ihr hier zurücklasst, werden weiße Plünderer stehlen.«

Meine Mutter sah traurig aus. In wenigen Wochen

sollte sie wieder ein Kind bekommen. Sie wollte, dass ihr Kind in unserem Land der Wandernden Wasser geboren würde. Das hatte sie schon oft gesagt. Nach den Worten meines Vaters seufzte sie tief, aber sie widersprach ihm nicht. Alle warteten, ob mein Vater noch mehr sagen wollte. Als er schwieg, gingen sie zum großen Zelt. Ich hörte kein Geschrei und kein Weinen. Sie hatten ihre Tränen hinuntergeschluckt.

Der Mond ging auf und der Wind ließ nach. Das war die Zeit der Liebeslieder, aber heute gab es keine süßen Gesänge, sondern nur den Klang der Trommeln.

Ehe ich zu Bett ging, sprach ich mit Swan Necklace. Die Rotjacken waren fort und er hütete ihre Pferde vor dem Zelt seines Vaters.

»Du hast gehört, was Häuptling Joseph gesagt hat. Auf welcher Seite stehst du?«, fragte ich ihn.

»Ich gehe mit Red Moccasin Tops und mit Wah-lit-its«, sagte er tapfer.

»Du hütest ihre Pferde, aber wo sind deine Waffen?«

»Es ist eine wichtige Sache, ihre Pferde zu hüten. Außerdem habe ich ein Messer.«

»Aber du trägst es nicht bei dir.«

»Es ist im Zelt versteckt.«

»Warum steckt es nicht in deinem Gürtel?«

»Ich habe es vergessen.«

»Es ist gefährlich, ohne Waffe umherzureiten. Du bist kein Bildermaler mehr. Du bist ein Kämpfer gegen die Weißen, die dich töten wollen.«

»Ich fühle mich nicht wie ein Kämpfer.«

»Aber du wirst dich so fühlen, wenn jemand auf dich schießt.«

»Glaubst du, dass der Große Häuptling ganz oben mich beschützen wird, wenn jemand auf mich schießt?«

»Du musst es glauben, dann wirst du tapfer sein.«

Er stand auf und räumte seine Farben fort. Er malte eine Decke für unsere Hochzeit.

Alles war für unsere Hochzeit geregelt, oder doch fast alles. Zuerst waren Two Moons und seine Frauen gekommen, um mit meiner Mutter und meinem Vater zu sprechen. Sie brachten viele Geschenke mit: Pferde, Decken, hölzerne Löffel und einen Eisenkessel.

Sie fragten Häuptling Joseph und meine Mutter Springtime, ob ich ihren Sohn heiraten wolle. Meine Mutter kam heraus und ging dorthin, wo ich lauschend unter einem Busch kauerte. Sie fragte mich, ob ich Swan Necklace heiraten wolle.

»Ja«, sagte ich.

»Liebst du ihn?«

»Schon länger, als ich zurückdenken kann«, sagte ich.

Es gab noch mehr zu tun, bevor die Hochzeit stattfinden konnte. Häuptling Joseph und Springtime mussten Two Moons und seinen Frauen Geschenke machen und Swan Necklace musste meine Büffelfelldecke vollenden.

Ich fragte Swan Necklace nach der Decke.

»Gestern Abend habe ich mit meinem Vater gesprochen. Er war wütend, dass ich überhaupt einen Gedanken an eine Hochzeit verschwendet habe. Jetzt sei ein Krieg zu führen, hat er gesagt, und junge Ehemänner seien schlechte Krieger.«

»Das bedeutet, dass wir erst heiraten können, wenn der Krieg vorbei ist.«

»Erst wenn der einarmige General und seine Soldaten aus Wallowa vertrieben sind, hat mein Vater gesagt.«

»Warte!«, sagte ich.

Ich ging in das Zelt und kam mit meiner Büchse und einem Beutel Kugeln wieder. Swan Necklace starrte das Gewehr an, als wäre es eine Schlange.

»Ich weiß nicht, wie man schießt«, sagte er.

»Red Moccasin Tops wird es dir zeigen«, sagte ich. »Er wird dir zeigen, wie man sich hinter einem Felsen flach auf den Boden legt. Wie man schießt und den Stein immer vor sich herschiebt. Wie man auf einer Seite des Pferdes reitet, damit der Feind dich nicht sehen kann, und wie man dann unter dem Pferdehals hindurchschießt.«

Mit dröhnender Stimme rief Two Moons seinen Namen. Noch ehe er sich rühren konnte, drückte ich ihm das Gewehr in die Hand und hängte ihm den Beutel mit den Kugeln um die Schulter.

Fünf

Wir waren an den Hängen einer Bergschlucht. Schneewasser aus vielen Bächen floss hier in den Snake River. In einer gelblichen Flut kam es herabgerauscht. Wellen stiegen hoch auf und nasser Nebel erfüllte die Luft.

Hier übernahm Ollokot das Kommando. Er war sehr groß und sein Haar stand aufrecht und ließ ihn riesenhaft wirken. Er stellte Nachtwachen bei den Herden auf und ging auch selbst seine Runden.

Soldaten kampierten über uns am Rande des Flussufers und hatten Feuer angezündet. Sie beobachteten uns und wollten sehen, ob wir tatsächlich den Fluss überquerten. Hilfe boten sie uns nicht an.

Mein Vater sagte: »Wenn General Howard uns Zeit gelassen hätte, den Spätsommer abzuwarten, wenn das Wasser flach ist, wären wir leicht über den Fluss gekommen. Jetzt ist es schwierig und mühsam.«

»Wir verlieren Rinder und Pferde und bringen unser Leben in Gefahr«, sagte Ollokot. »Aber sie wollen ja, dass wir hier ertrinken. Sie wollen uns ein für alle Mal loswerden.«

Ferocious Bear, ein struppiger Krieger aus dem Seven Devils Country, mischte sich ein. »Wir sollten uns nicht mehr von diesem Hang wegrühren«, sagte er. »Die Soldaten dort auf dem Berg warten nur darauf, dass sie zusehen können, wie die Strömung uns fortreißt. Wir sollten lieber hier bleiben und sie töten.«

»Tötest du einen von ihnen, werden zehn andere seinen Platz einnehmen«, sagte Häuptling Joseph.

Too-hul-hul-sote saß auf seinem scheckigen Pony und starrte auf den Fluss, während die anderen Häuptlinge miteinander redeten. Sein Pony scharrte unruhig mit den Hufen.

Als die Männer schwiegen, sammelte Too-hul-hul-sote so viel Luft wie möglich in seiner mächtigen Brust und fing an zu rufen. Er sprach zu dem einarmigen General, wo immer der auch sein mochte.

»Unser Großer Geist hat die Welt erschaffen«, sagte er. »Er hat sich auf diesen Fleck Erde gesetzt. Diese Erde ist meine Mutter. Du sagst mir, ich soll wie die Weißen leben und das Land pflügen. Soll ich ein Messer nehmen und meiner Mutter die Brust zerschneiden? Du sagst mir, ich soll das Gras mähen und Heu machen. Aber wie darf ich es wagen, meiner Mutter das Haar abzuschneiden? Der Große Geist hat keinem Menschen das Recht gegeben, anderen Menschen zu befehlen, wo sie leben und wo sie sterben sollen.«

Seine Stimme verklang. Der Anführer der weißen Soldaten hörte ihn nicht. Auch mein Vater und sein Bruder, Häuptling Ollokot, hörten ihn nicht. Sie hörten nicht auf ihn, genauso wenig wie Tall Elk oder Ferocious Bear. Es war beschlossene Sache, den Fluss zu überqueren.

»Wir werden jetzt Flöße zum Übersetzen bauen«, sagte mein Vater. »Und Boote.«

»Treibt unsere Herden zusammen«, sagte Ollokot. »Über zweihundert Kühe haben die Weißen fortgetrieben, seitdem wir an den Fluss gekommen sind, und halb so viele Pferde. Wir werden noch mehr verlieren, ehe die Sonne wieder aufgeht.«

»In der Morgendämmerung brechen wir auf«, entschied Häuptling Joseph.

Too-hul-hul-sotes Augen blitzten, doch er sagte nichts.

Am Abend zündeten wir Feuer an und in ihrem Licht bauten wir Flöße und Boote für die Überquerung des Snake River. Die Männer fällten Espen und banden sie mit Lederriemen zusammen. Die Flöße waren stabil, aber schwer zu bewegen. Die Frauen bauten Boote aus Weidengeflecht und straff gespannten Büffelhäuten. Diese flachen Boote sahen wie Melonenhälften aus. Sie drehten sich ständig und hüpften wie Korken, aber in reißendem Wasser waren sie sehr sicher.

Bei Sonnenaufgang versammelten sich unsere fünf Gruppen am Flussufer. In der Gruppe meines Vaters aus Wallowa, dem Land der Wandernden Wasser, waren zweiundsechzig Krieger und dreihundert Frauen, Kinder und Alte. Die Männer waren nackt bis auf einen Lendenschurz. Ihre Körper hatten sie dick mit Bärenfett eingerieben, um die Kälte fern zu halten, und sie trugen rote Federn in ihrem zu Zöpfen geflochtenen Haar.

Häuptling White Bird, der schon sehr alt war, führte die zweitstärkste Gruppe nach der meines Vaters an. Sie zählte einundfünfzig Krieger und zweihundertfünfundfünfzig Frauen, Kinder und Alte. Sie kamen vom White Bird Canyon jenseits des Flusses.

Häuptling Looking Glass war auch da. Er war ein bedeutender Krieger, aber nicht so groß wie mein Vater. Seine schwarzen, von weißen Haaren durchzogenen Zöpfe waren an den Enden mit Messingdraht umwickelt. In den Ohren trug er Messingringe. An einem Fellstreifen hing ein rundes Spiegelglas, das er um den Hals trug. Looking Glass brachte vierzig Krieger und zweihundert Frauen, Kinder und Alte. Sie hatten friedlich in einem verborgenen Dorf am Clearwater River gelebt, aber weiße Goldgräber hatten sie gefunden und sehr übel behandelt. Sie hatten ihre Rinder getötet und ihre Pferde gestohlen.

Die kleinste der Gruppen war die des streitsüchtigen Too-hul-hul-sote. Diese Palouses zählten nur fünfzig Köpfe, aber ihre Krieger hatten gute Gewehre und waren die besten Büffeljäger unter allen Ne-mee-poo.

Die Nacht war lang. Am Ufer versammelt, warteten wir auf die Sonne. Sie ging hell auf und beleuchtete die Hänge, an denen die Soldaten lagerten.

Es dauerte lange, fast den halben Morgen, bis die Sonne ihren Weg in die Schlucht hinunter fand. Sie lag auf dem Fluss wie ein leuchtendes Tuch, das uns blendete. Wegen des grellen Lichts konnten wir den Fluss nicht sehen, deshalb beschlossen die Ältesten, den Übergang erst später am Tag zu wagen.

Als das Licht wechselte, schickte Ollokot Reiter aus, um unsere Pferde dicht ans Ufer zu treiben. Häuptling Joseph stand an einem Ende der Herde, Ferocious Bear in der Mitte, Ollokot auf seinem großen Hengst am anderen Ende.

Ollokot gab einen Schuss aus seiner Pistole ab. Die Reiter schrien. Die erschrockenen Pferde stürzten sich in den Fluss und schwammen um ihr Leben. Alle erreichten das gegenüberliegende Ufer. Dann kamen die Rinder. Vorsichtig traten sie in das flache Wasser, aber die Reiter trieben sie weiter in den Fluss hinein. Die Hälfte der Kühe und alle Frühjahrskälber gingen verloren.

Ollokot schickte Flöße los, die mit den Dingen beladen waren, die wir gerettet hatten: Kleider, Schmuck, Büffelfelle, Päckchen mit Goldstaub, Beutel mit Kouse-Brei, getrocknete Beerenkuchen, Camas-Wurzeln, in Hirschhäute gewickeltes Räucherfleisch und geräucherter Lachs.

Wir verloren nur zwei Flöße. Die Soldaten sahen uns von der Höhe herab zu, boten uns aber keine Hilfe an.

Die Sonne sank am Himmel herab. In ihren Strahlen funkelte das reißende Wasser wie ein Fluss aus lauter Juwelen, als Ollokot unser Volk versammelte. Die alten Frauen, die alten Männer und die Kinder wurden auf Flöße gesetzt und festgebunden. Babys auf Wiegebrettern wurden ihren Müttern auf den Rücken geschnürt.

Schließlich wurde ein festes Seil um die Hüften eines Reiters geschlungen, das andere Ende an einer Seite des Floßes befestigt. Mit einem Reiter an jeder Ecke des Floßes, mit Pferden, die mit aller Kraft gegen die Strömung ankämpften, während ihre Reiter sich verzweifelt auf ihren Rücken festklammerten, überquerte unser Volk den Fluss.

Drei von uns blieben als Letzte zurück. Häuptling Joseph, meine Mutter und ich. Ein Stern leuchtete über uns. Der dunkle Fluss verwandelte sich in Silber. Ich hatte für meine Mutter ein Lager aus Büffelfellen gerichtet. Es war warm und doch klagte sie über die Kälte. Sie stand auf und hüllte sich in einen Umhang, dann ging sie zum Fluss hinunter.

Am anderen Ufer brannten Feuer.

»Es wird Zeit für uns. Wir müssen gehen«, sagte mein Vater.

Springtime antwortete nicht. Sie legte sich nieder und zog sich den Umhang über den Kopf.

Mein Vater schob das letzte Boot ins Wasser und ich bereitete ein Bett für meine Mutter auf dem Bootsboden. Er hob sie auf, um sie ins Boot zu tragen, aber sie löste sich aus seinem Griff und ging am Flussufer entlang zu einem großen Stein, der über das Wasser hinausragte.

»Jetzt ist keine Zeit für Spielereien«, drängte Häuptling Joseph.

»Ich spiele nicht«, entgegnete Springtime. »Ich werde hier mein Kind gebären, ehe wir über den Fluss gehen. Hier ist meine Heimat. Hier ist Wallowa. Dort drüben, wo die Soldaten warten und die Feuer brennen, sind wir nicht zu Hause.«

»Aber es wird bald unsere Heimat sein«, widersprach mein Vater, »und es ist besser, wenn unser Kind dort geboren wird, wo es zu Hause sein wird.«

Langsam ging er auf sie zu und sprach leise auf sie ein.

Ihr Rücken war gegen den Felsen gelehnt, der über dem Fluss hing. Er ging Schritt für Schritt weiter und war bereit, sie auf die Arme zu nehmen. Der Felsen war glatt vom schäumenden Wasser und sie war schwer. Aber ehe er noch nach ihr greifen konnte, klammerte sie sich außerhalb seiner Reichweite an dem Stein fest.

Sie saß über dem reißenden Wasser und schaute auf meinen Vater herunter. Ihr Haar war durchnässt, sie sah ganz wild aus und ich glaube, wenn er versucht hätte ihr zu folgen, hätte sie sich in den Fluss gestürzt und ich wäre ihr dann gewiss nachgesprungen.

»Wie lange willst du dort sitzen?«, fragte Häuptling Joseph. Er war alles andere als erfreut. Es war ungewohnt für ihn, dass sich jemand ihm widersetzte, noch dazu seine Frau. »Du zitterst jetzt schon vor Kälte. Du wirst krank werden. Das Kind wird krank werden. Wie lange soll dieser Irrsinn noch dauern?«

»Bis das Kind geboren ist«, antwortete meine Mutter.

»Wenn wir den Fluss überquert haben«, sagte mein Vater, »ist es noch ein guter Marsch bis Lapwai, unserer neuen Heimat.«

»In meinem Herzen«, widersprach sie, »ist hier meine Heimat, nicht dort drüben, auf der anderen Seite des Flusses.«

»In meinem Herzen auch«, sagte ich zu ihr.

Ich sagte das nur ganz leise, doch Häuptling Joseph hörte es. Er ging fort, schaute eine Weile in den reißenden

Fluss, kam dann zurück und forderte mich auf, für das Feuer zu sorgen, dann sprach er leise und freundlich zu Springtime und sie kam von dem Felsen herunter.

Als der Himmel im Osten sich heller färbte, wurde ihr Kind geboren. In der Morgendämmerung bestiegen wir das Boot und Reiter brachten uns zum anderen Ufer.

Sechs

Nun waren wir also auf der anderen Seite des Snake River und Häuptling Joseph übernahm wieder die Führung unseres Stammes. Wir stiegen aus der dunklen Schlucht zu einem Espenhain hinauf, an dem die Herden grasen konnten. Dann brachen wir auf nach Lapwai, das unsere neue Heimat werden sollte.

Wir zogen zum Salmon River und überquerten ihn gefahrlos, da wir schon den mächtigen Snake River hinter uns gebracht hatten. Am Rocky Canyon lagerten wir an einer von Espen umstandenen Quelle. Zwanzig Sonnen waren auf- und niedergegangen, seitdem wir den großen Fluss überquert hatten.

»Bis nach Lapwai ist es nicht mehr weit«, sagte Häuptling Joseph. »Wir können es nach einem kurzen Marsch erreichen und damit die Forderungen von General Howard erfüllen. Aber vorher wollen wir singen und tanzen, Pferderennen austragen und spielen, um unseren letzten Tag in Freiheit zu begehen.«

Alle stimmten ihm zu, vor allem die jungen Krieger. Die Festtage hallten von eiligem Hufschlag wider, die

Nächte von dumpfem Trommelklang und den sanften Lauten der Flöten. Am letzten Tag, bevor wir das letzte Wegstück in Angriff nahmen, gab es noch eine Parade aller Familiengruppen. Die Pferde trugen die schönsten Sättel und ihr Zaumzeug war mit Perlen geschmückt. Farbige Bänder flatterten ihnen von Mähnen und Schweifen.

Ich ging nicht zur Parade. Bending Willow, meine neugeborene kleine Schwester, war krank und ich blieb bei Springtime, um ihr bei der Pflege zu helfen. Ich hatte eine Feuerstelle angelegt, um einen Kessel Kouse-Brei zu kochen. Nachtschatten lagen über der Wiese, unserem Lagerplatz, als Swan Necklace zu unserem Feuer geritten kam. Lange Haarsträhnen hingen ihm wirr ins Gesicht. Er öffnete den Mund, doch er konnte nicht sprechen.

»Was ist geschehen, dass dir die Zunge im Mund einschläft?«, fragte ich ihn.

»Krieg!«, stammelte er. »Krieg!«

Er wollte gern trinken und ich brachte ihm Wasser. »Krieg? Was für ein Krieg?«

»Mit den weißen Soldaten. Wah-lit-its hat Krieg mit ihnen angefangen.«

»Wie meinst du das? Wie kann ein Junge ganz allein einen Krieg anfangen?«

»Wah-lit-its ist schnell durch das Lager geritten. Er hat sich einen Spaß mit Red Moccasin Tops erlaubt«, berichtete Swan Necklace. »Zufällig ist sein Pferd auf ein paar Kouse-Wurzeln getreten, die Sour Tongue gehörten, der niemals ein gutes Wort für irgendjemand hat. Der alte Mann hat ihn angeschrien: ›Sieh dir an, was du getan hast! Du spielst hier den Krieger und zertrampelst dabei das Essen, mit dem meine Frau sich so große Mühe gegeben hat! Wenn du wirklich so tapfer bist, warum tötest du dann nicht den weißen Mann, der deinen Vater getötet hat? Oder genügt es dir schon, auf dem Pferd deines Vaters herumzureiten wie ein Kind?‹«

»Der alte Mann hat die Wahrheit gesprochen«, sagte ich. »Wah-lit-its ist doch wirklich herumgeritten wie ein Kind?«

»Er reitet nicht mehr«, sagte Swan Necklace. »Nicht nach dieser Beleidigung. Wie ein Verrückter ist er von seinem Pferd gesprungen und war schon nahe daran, den alten Mann zu töten. Ferocious Bear musste ihm das Messer abnehmen und ihn zu Boden werfen.«

»Hör mal, hast du das wirklich alles gesehen oder hast du es nur gehört? Ich glaube, da hat einer eine Geschichte erfunden und sie dir erzählt.«

»Ich war dabei. Ich hab's gesehen. Ich habe gesehen, wie Wah-lit-its weinend am Boden lag. Plötzlich ist er aufgesprungen, davongeritten und bald darauf mit seinem Gewehr wiedergekommen. Und dann habe ich selbst gehört, wie er geschrien hat: ›Ihr werdet schon sehen, dass ich kein Kind bin, das den Krieger spielt! Und eure Worte werden euch Leid tun!‹ Einmal schoss er in die Luft, dann galoppierte er davon.«

»Er ist allein fortgeritten?«, fragte ich.

»Nicht allein. Red Moccasin Tops und ich sind ihm gefolgt. An der Hütte, in der Larry Ott gelebt hat, haben wir ihn eingeholt. Die Tür war verschlossen. Wir haben sie aufgebrochen, aber Larry Ott war nicht da. Dann sind wir zum Haus von Richard Devine gegangen. Das ist der, der seine wilden Hunde auf jeden Mann unseres Stammes gehetzt hat, wenn er auch nur an seiner Tür vorbeiging. Einmal hat er einen Ne-mee-poo ermordet, der verkrüppelt war und nicht laufen konnte. Er wird keinen mehr von uns töten. Wir haben ihn überrumpelt. Bisher hatte noch niemals einer von uns sein Haus betreten. Wah-lit-its hat Devine mit seinem eigenen Gewehr erschossen.«

»Und du hast ihm beim Töten geholfen?«

»Nein, nicht bei Devine. Ich bin draußen geblieben und habe die Pferde gehalten. Aber gemeinsam haben wir einen anderen weißen Mann umgebracht, der einige unserer Leute mit einer Peitsche geschlagen hat, die eine eiserne Spitze hatte. Und den Schnapsbrenner Sam Benedict hätten wir auch erschossen, wenn seine Braut nicht gebettelt hätte, wir sollten ihn verschonen.«

Plötzlich wurde Swan Necklace ganz ruhig. »Ich brauche mehr Kugeln«, sagte er.

Ich hatte ein Säckchen Kugeln unter dem Bett im Zelt meines Vaters versteckt.

»Gib mir alle, die du hast«, sagte Swan Necklace. »Es wird viele Kämpfe geben.«

»Schieß nicht mehr, solange Häuptlinge Joseph nicht zurück ist«, sagte ich. »Er ist mit seinem Bruder auf die Jagd gegangen, aber er wird heute noch zurückkommen.«

»Du weißt nicht, wann er zurückkommt. Und man kann nicht einfach abwarten. Diejenigen, die den Tod verdient haben, werden ihre Pferde nehmen und aus der Gegend verschwinden, genau wie dieser Weiße, der Eagle Robe umgebracht hat.«

Er trank die Hälfte des Wassers, das ich ihm gebracht

hatte, und reichte mir den Rest. »Trink«, sagte er. »Du bist so blass wie ein Fischbauch.«

Ich trank das Wasser. Swan Necklace hatte sich verändert. Er brannte förmlich darauf, Krieg zu führen. Hätte ich einen Schutzgeist gehabt, so hätte ich ihm auf Knien dafür gedankt.

»Die Kugeln«, sagte Swan Necklace.

Jenseits des Sees sah ich meinen Vater und Ollokot in ihren schwarzen Adlerdecken. Sie ritten langsam auf unser Lager zu. Auch Swan Necklace sah sie.

»Beeil dich!«, rief er. »Meine Freunde warten. Sie haben auch keine Munition mehr. Pulver haben wir, aber es fehlen die Kugeln.«

Mein Vater und Ollokot ritten jetzt im Galopp. Irgendjemand musste ihnen die Nachricht von den Tötungen überbracht haben.

»Beeil dich!«, rief Swan Necklace noch einmal.

Ich rannte zum Tipi, holte das Säckchen mit den Kugeln unter dem Bett hervor und hängte es ihm über die Schulter. Das Gewicht drückte ihn fast nieder.

Häuptling Joseph und Ollokot kamen zwischen den Bäumen hervor und galoppierten auf uns zu. Sie sahen sehr grimmig aus. »Wir haben gehört, dass ihr weiße Männer getötet habt«, sagte Ollokot zu Swan Necklace.

»Das haben wir«, antwortete er. »Zwei haben wir getötet.«

»Das habe ich befürchtet«, sagte Häuptling Joseph, »und dagegen habe ich von Anfang an gekämpft.«

»Das bedeutet Krieg«, sagte Ollokot.

»Einen Krieg, den wir nicht gewinnen können«, fügte mein Vater hinzu.

Er deutete mit dem Finger auf Swan Necklace. »Merke dir, was ich sage, junger Krieger! Keiner der Soldaten wird skalpiert! Kein Einziger! Merke dir das gut und sag auch deinen Freunden, was ich befohlen habe!«

Swan Necklace gab sich Mühe, nicht zusammenzuzucken. Er stand zwischen den beiden mächtigsten Männern seines Stammes. Seine Büchse hing ihm unter der Achsel. Er sah wie ein Krieger aus, aber ich glaube, er wäre jetzt lieber davongelaufen.

Krieger hatten sich am See versammelt und ein Feuer angezündet. Two Moons war bei ihnen. Er führte das Pferd am Zügel, das einem der getöteten Weißen gehört hatte. Er rief seinen Sohn und schwenkte eine rote Jacke über dem Kopf.

Swan Necklace ritt zu seinem Vater, nahm die Jacke und zog sie an. Dann schüttelte er sein Gewehr in der erhobenen Faust. Die anderen Krieger jubelten.

»Es ist Zeit zum Kämpfen«, sagte Two Moons. »Wir werden keine Kinder mehr sein!«

»Und wir werden niemals nach Lapwai gehen«, sagte Ferocious Bear durch die zusammengebissenen Zähne hindurch. »Die Soldaten sollen wissen, dass wir sie alle töten werden!«

Die Frauen fingen an die Tipis abzubauen. Unser Lager war ungeschützt und die Soldaten würden bald über uns kommen.

»Nein!«, rief Joseph. »Wir bleiben hier, bis die Armee kommt! Auf irgendeine Weise werden wir Frieden mit ihnen schließen!«

Aber niemand hörte auf ihn.

Sieben

An jenem Abend wurden unsere Krieger zusammengerufen. Die alten Männer und die Frauen packten ihre geringe Habe. Um Mitternacht verließen wir unser Lager und zogen südwärts auf den White Bird Canyon zu, wo die Familiengruppe von White Bird zu Hause war. In der Dämmerung des fünften Tages erreichten wir eine Schlucht voller Buschwerk und Steinen. Das war der White Bird Canyon und hier konnten wir bleiben, bis wir entschieden hatten, ob wir kämpfen oder fliehen wollten. Wir kannten dieses Land und unsere Ältesten meinten, dass wir hier am sichersten lagern konnten.

»Wenn die Weißen uns verfolgen sollten«, sagte Too-hul-hul-sote, »dann verstecken wir uns und schießen sie genauso schnell nieder, wie sie kommen.«

Bäche durchflossen die große Schlucht. Wasser plätscherte an Felswände. Auf einer Felsenklippe stellten wir einen Krieger auf, der nach den Soldaten Ausschau halten sollte.

Im ersten grauen Morgenlicht kam ein Späher in unser Lager geritten. »Soldaten sind schon ganz in der Nähe«, meldete er. »Viele Soldaten.«

Mein Vater stand schnell auf und sprach mit den anderen Häuptlingen. »Wir dürfen nicht zuerst schießen«, sagte er. »Vielleicht kommen sie mit guten Herzen.« Ollokot stimmte ihm zu.

Die Häuptlinge schickten eine Gruppe aus. Fünf Krieger ritten den Soldaten entgegen. Einer von ihnen trug eine weiße Flagge, um zu zeigen, dass wir keinen Krieg wollten. Die anderen jungen Männer warteten zwischen den Büschen versteckt auf ihren Pferden.

In unserem Lager hörten wir erst ein Hornsignal, dann fiel ein Schuss. Das Echo hallte von den Felswänden wider. Darauf folgte eine lange Stille, dann prasselte Gewehrfeuer. Ein Krieger ritt auf einen Streifen Sonnenlicht auf der Höhe der Schlucht. Er schwenkte seinen Bogen über dem Kopf.

»Krieg!«, rief er. »Die Soldaten haben auf unsere weiße Fahne geschossen!«

»Hier bleiben wir!«, rief Ollokot. »Weiter gehen wir nicht. Hier sterben wir, und wenn es sein muss, sterben wir noch einmal!« Ollokot mit seinen guten Plänen und seiner Tapferkeit im Kampf war der Listigste unter unseren Kriegshäuptlingen.

Häuptling Joseph widersprach ihm. »Wir sollten uns verstecken, bis es dunkel wird, und uns dann davonschleichen. Es sind zu viele Soldaten. Sie werden die Hälfte unserer Familien töten.« Mein Vater dachte immer zuerst an seinen Stamm. Wir waren nicht zahlreich.

Ollokot teilte die Krieger auf und schickte sie an den Wänden der Schlucht entlang. Hinter einen großen Stein geduckt, schaute ich ihnen nach. Ich beobachtete Swan Necklace. Er ritt mit den anderen Rotjacken und fürchtete sich nicht mehr vor dem Kämpfen. Mein Herz schlug stolz. Am liebsten wäre ich mit ihm geritten.

Stattdessen ging ich mit einer Gruppe von Kindern an eine geschützte Stelle am Wasser, wo wir spielen und die Kugeln vergessen konnten, die an der anderen Seite der Schlucht flogen. Wir probierten aus, wer von uns am längsten den Atem anhalten konnte. Ich wischte einen flachen Stein ab und einige der Jungen ließen Kreisel darauf tanzen.

Red Owl, Ollokots Sohn, fing ein Wolfspiel an. Er war der Wolf und die anderen Kinder waren Kälber, die von ihren Müttern fortgelaufen waren. Er kroch hinter dem Gebüsch an unserem Lagerplatz entlang. Die anderen Kinder taten so, als grasten sie friedlich, während sie seinen Angriff erwarteten.

Aber Red Owl sprang nicht aus dem Gebüsch hervor, um den Kindern Angst einzujagen. Die Zeit verging. Ich schlenderte zu den Büschen und schaute hinter ihnen nach. Niemand war zu sehen. Red Owl war verschwunden.

Ich übergab die Kleinen einem der älteren Mädchen und suchte nach ihm. Mir war klar, dass er fortgelaufen war, um den Kampf zu beobachten. Zwar hatte Red Owl erst sieben Schneezeiten erlebt, aber er brannte darauf, bei den Kriegern zu sein.

Ich kroch den Hang hinauf. Auf dem Bauch liegend, überblickte ich das Schlachtfeld. Pferde liefen in alle Richtungen. Ich sah ein Pferd mit blutbeflecktem Sattel, das eine Blaujacke hinter sich herzog, dessen Fuß sich im Steigbügel verfangen hatte. Ein gutes Stück entfernt überwand Red Owl gerade einen Felsgrat. Fünf Pferdelängen vor ihm lag eine tote Blaujacke. Neben seiner ausgestreckten Hand lag ein blitzendes Silberhorn.

Ich rief Red Owl, doch er blieb nicht stehen. Er wollte das Signalhorn haben. Als er es erreicht hatte, begannen unsere Krieger gerade einen Angriff. Sie ritten dicht an dem Horn vorbei und ich verlor Red Owl aus den Augen.

Ohne auf das Gewehrfeuer zu achten, rannte ich den

Hang hinab. Als ich bei Red Owl war, ließ ich mich neben ihm zu Boden fallen. Er hatte hinter dem Leichnam des Hornisten Deckung gesucht und wagte sich nicht von der Stelle. Um uns herum schlugen so viele Kugeln ein, dass meine Augen vom Staub brannten.

Während Kugeln und Pfeile unserer Krieger ihre Ziele fanden, entfernte sich die Schlacht. Rufe und Gewehrfeuer wurden schwächer. Red Owl hob den Kopf und grinste mich an. Das Signalhorn hielt er fest in der Faust.

Ich stand auf und packte ihn am Arm. Mein Herz schlug noch immer sehr schnell. »Du närrisches Kind!«, schalt ich ihn, als meine Angst in Zorn umschlug. »Du bringst uns noch allen den Tod!«

Sein Gesicht wurde ernst und er blieb still, während wir zum Lager zurückgingen. Er würde vor den anderen nicht allzu sehr prahlen. Schlimm genug, dass die anderen Kinder Red Owl wegen seines Mutes bewundern würden. Ich wollte nicht, dass sie seinen Unfug auch noch nachahmten. Endlich endete der Kampf. Wir waren zahlenmäßig verzweifelt unterlegen, aber Ollokot trieb unsere Krieger an. Er ließ sie glauben, dass sie tatsächlich für unser Land, unser Leben und unsere Götter kämpften. Keiner von unseren Leuten war getötet worden, nur zwei Krieger waren verwundet. Bis die Dunkelheit anbrach, hatten wir jede Blaujacke zur Flucht gezwungen und vierunddreißig weiße Soldaten lagen tot auf dem Schlachtfeld.

Es würde weitere Kämpfe mit den Blaujacken geben, prophezeite Häuptling Joseph. »Sie werden uns verfolgen. Wir können uns nicht verstecken. Sie werden uns finden, wohin wir auch gehen.«

Looking Glass schlug vor, wir sollten über die Berge zum Land der Crows gehen. Howard könnte seine schweren Kanonen nicht über die Berge schaffen. Wir könnten bei den Crows in Frieden leben und Büffel jagen. Die anderen Häuptlinge stimmten ihm zu.

Mein Vater war darüber nicht glücklich. »Das ist euer Kampf, nicht meiner«, sagte er. »Ich werde mich um die Frauen, die Kinder und die Alten kümmern. Und ihr müsst die Soldaten aufhalten.«

Wir verließen den White Bird Canyon und die toten Soldaten. Ich hätte am liebsten gesungen. Mein Pony trabte lebhaft durch das Gras. Blumen blühten unter Eichen und Brombeerhecken. Ich ritt mit den Kindern im Staub hinter den Alten.

Für meine kleine Schwester machte ich aus einem Stück Soldatenhemd eine Puppe. Der jüngste Joseph, ein Neffe des Alten Joseph, hatte ein Soldatenmesser gefunden und jagte damit Red Owl. Mein kleiner Vetter hatte ein Paar schwere Soldatenstiefel und bat mich, sie oben abzuschneiden und eine Tasche daraus zu machen.

Neben mir ritt White Feather, die gesehen hatte, wie ich der weißen Frau die Kupferpfanne aus den Händen geschossen hatte. Sie war ein Jahr älter als ich. »Bist du zufrieden?«, fragte sie mich. »Die Krieger haben gewonnen und dein Vater hat verloren.«

»Ich bin zufrieden«, antwortete ich. »Wir haben die Blaujacken besiegt. Und wenn sie uns verfolgen, dann werden wir sie wieder besiegen.«

Bei den Kindern entstand Geschrei. Der jüngste Joseph hatte Red Owl eingeholt und ihm das Messer auf die Brust gesetzt. Ich nahm ihm das Messer ab, und als ich wiederkam, ritt Swan Necklace neben White Feather. Ich lenkte mein Pony zu ihnen.

»Hast du Angst gehabt?«, fragte ich Swan Necklace.

»Nur am Anfang«, sagte er. »Dann wusste ich, dass mein Schutzgeist für meine Sicherheit sorgte. Wah-lit-its und Red Mocassin Tops ritten neben mir. Wir haben die Soldaten angegriffen. Two Moons und die anderen Krieger folgten uns. Viele von ihnen hatten nur Messer oder Pfeil und Bogen.« Seine Augen glänzten, während er von dem Kampf erzählte.

»Die Kugeln umsummten uns wie die Bienen, aber keiner wurde getroffen«, sagte er. »Wir hingen an den Flanken unserer Pferde, wo die Blaujacken uns nicht sehen konnten, und schossen unter den Pferdehälsen hindurch. Unsere Kugeln und unsere Pfeile fanden ihre Ziele. Die Soldaten hörten auf zu schießen. Ihre Pferde wurden wild und warfen ihre Reiter ab. Sie ließen ihre Gewehre fallen und liefen um ihr Leben.«

Ich klatschte vor Freude in die Hände.

»Ich habe jetzt viel Munition«, sagte Swan Necklace. »Und alle Krieger haben Gewehre. Die Soldaten brauchen sie ja nicht mehr.«

Acht

An den Ufern des Clearwater kämpften wir wieder gegen die weißen Soldaten. Diesmal starben viele Blaujacken und wir verloren vier Krieger. Sechs andere von unseren jungen Männern waren getroffen worden, aber nur einer war schwer verwundet. Die Kugel eines Soldaten hatte ihn hinten unter der Schulter getroffen und war an der Brust wieder herausgekommen. Der Schuss hatte ihn getroffen, als er dicht an die Blaujacken herangeritten war, um zu beweisen, was für ein tapferer Mann er war. Aber er war stark und kämpfte weiter.

Über ein Monat war seit der Schlacht am White Bird Canyon vergangen. Die Soldaten verfolgten uns noch immer, aber wir zogen sehr schnell weiter, so schnell, dass wir unsere Rinder zurücklassen mussten.

Looking Glass führte uns aus dem Tal hoch in die Berge hinauf. Wir zogen der aufgehenden Sonne und dem Lande der Crows entgegen. Der Weg war beschwerlich. Fichten, Hemlocktannen und Kiefern wuchsen dicht an dicht. Der Pfad war schmal und dunkel. Er wand sich den steilen Berghang hinauf. Felsen engten den Pfad ein und scharfe Steine schnitten in die Beine der Pferde. Hin und wieder wurde der Weg von Bäumen blockiert, die von den Frühlingsstürmen gefällt worden waren.

In der Nacht lagerten wir. Wir lebten von Wurzeln, die wir aus der Erde gruben, und von Rinde, die wir von den Bäumen schälten. Wenn man sie in Wasser kochte, ergab die Rinde einen weichen Brei, der den Magen füllte. An manchen Abenden legten wir uns auch hungrig schlafen. Die Ponys fraßen Blätter von den Büschen und steife Grashalme, die hart wie Draht waren.

Fünf unserer Krieger bildeten die Nachhut, um nach Soldaten Ausschau zu halten, die uns verfolgten. Die Rotjacken erkundeten den vor uns liegenden Pfad. Mit meinem Herzen war ich bei ihnen, aber ich half Wurzeln zu graben und Rinde zu zerkleinern und ich kümmerte mich um die Kinder. Bending Willow lächelte jetzt schon, wenn ich sie von ihrem Wiegebrett hochhob.

Es regnete jeden Tag. Je mehr wir uns der Passhöhe näherten, desto steiler wurde der Weg. Er war jetzt so eng, dass wir von den Pferden steigen und sie am Zügel führen mussten. Wir pressten uns gegen die Bergwand und tasteten uns auf einem Teppich von Kiefernnadeln vorsichtig auf einem schmalen Grat entlang. Weit unter uns wand sich ein Fluss zwischen Felswänden hindurch. Der Pfad war sehr schlüpfrig, doch keines unserer Ponys strauchelte.

Endlich erreichten wir den Gipfel und schauten zur anderen Seite des Passes hinunter. Der Regen endete, die Sonne tauchte wieder auf. Wir kamen an einen kleinen Platz neben einem Bach, an dem heiße Quellen aus der Erde sprudelten. Dampf stieg von den Steinen auf. Wo das Wasser herauskochte, war es so heiß, dass man den Finger nicht hineinhalten konnte. Wir badeten an flachen Stellen unter den Felsen, wo das Wasser nicht so heiß war, und wir blieben so lange im Wasser, bis wir die Hitze nicht mehr ertragen konnten. Dann rannten wir zum Bach und warfen uns in die kalte Strömung. Das Wasser spülte unsere Müdigkeit fort.

An diesem Tag standen unsere Tipis im hohen Gras. Wir fanden Büsche, die einen guten Tee lieferten, und wir sammelten einen Blättervorrat, den wir mitnehmen wollten. Im Bach waren so viele Fische, dass wir ihn Salmon Creek nannten, Lachsbach. Am Abend würden wir eine gute Mahlzeit haben. Wasserlilien blühten in kleinen Tümpeln ganz in der Nähe, und nachdem ich mir das

Haar gewaschen hatte, flocht ich eine weiße Blüte in jeden Zopf. Ich dachte mir, dass Lilien ein schönes Muster für Mokassins abgeben würden.

Während ich darüber nachdachte, woher ich etwas weiches Tierfell und Borsten von Stachelschweinen bekommen konnte, kamen die Rotjacken lärmend ins Lager geritten. Wah-lit-its zügelte sein Pferd neben den Männern, die mit dem Ausbessern von Zaumzeug beschäftigt waren.

»Soldaten sind vor uns!«, sagte er. Er war ganz außer Atem und musste zwischen den Wörtern Pausen einlegen. »Sie bauen Stellungen aus und sie werden uns abfangen.«

Swan Necklace kam zu mir geritten und glitt von seinem Pferd. »Es wird gefährlich«, sagte er und zog mich dicht an sich. »Die Soldaten wissen, wo unser Lager ist. Sie haben über den Weg Baumstämme gelegt, über die wir nicht hinwegkommen. Sie bauen Stellungen aus. Wahrscheinlich werden wir einem Kampf nicht ausweichen können.«

»Diesmal werde ich mitkämpfen«, sagte ich heftig. »Wir haben jetzt genug Gewehre und ich weiß, wie man schießt.«

Swan Necklace schüttelte den Kopf. »Das würde dein Vater niemals erlauben«, sagte er. »Kämpfen ist etwas für Krieger.« Er vergaß ganz, dass er noch vor zwei Monaten ein Maler gewesen war und dass ich das Gewehr besessen hatte. Er sprach jetzt niemals mehr von seinen farbigen Erden, und seitdem wir aus Wallowa aufgebrochen waren, hatte er nicht mehr an unserer Hochzeitsdecke gemalt.

»Kämpfen ist etwas für alle, die den weißen Soldaten standhalten können«, widersprach ich.

Ehe ich mehr sagen konnte, verließen die Häuptlinge das Lager, um mit den Soldaten zu sprechen. Die Rotjacken nahmen sie mit. White Bird, Looking Glass und Häuptling Joseph ritten voraus. Mein Vater trug eine weiße Fahne. Swan Necklace, Red Moccasin Tops und Wah-lit-its folgten ein Stück hinter ihnen für den Fall, dass die Blaujacken das Feuer eröffneten.

Es war schon dunkel, als die Gruppe zurückkehrte. Alle umdrängten sie. Wir erfuhren, wie unsere Häuptlinge von den Pferden gestiegen und mit leeren Händen auf die Barrikaden zugegangen waren. Die Gewehre hatten sie an den Sätteln zurückgelassen. Die Soldaten waren von ihrem Mut sehr überrascht und niemand schoss auf sie.

»Wir haben dem Anführer der Blaujacken gesagt, dass wir nur Freundschaft für das Volk von Montana empfinden«, sagte Looking Glass. Flammenschein flackerte auf seinem starken Gesicht. »Streit hätten wir nur mit den Soldaten in Idaho. Der weiße Captain gab uns die Hand, aber er sagte, wir müssten unsere Waffen und unsere Pferde abgeben.«

Die Krieger begannen zu murren. »Mein Gewehr gebe ich niemals her«, rief Two Moons. Er saß auf seinem Kriegspferd und sah sehr kampfbereit aus.

»Niemals!«, sagte auch Too-hul-hul-sote und stieß seine Kriegskeule auf die Erde. »Wir haben diesen Krieg nicht gewollt, aber wir lassen uns von den Blaujacken nicht unsere Gewehre und unsere Pferde wegnehmen!«

»Dem stimme ich zu«, sagte mein Vater. »Das können

wir nicht. Aber ihr Anführer hat versprochen, dass niemand uns angreifen wird, wenn wir Frieden halten. Ich schlage vor, wir ziehen los, ohne noch lange zu verhandeln.«

»Es gibt eine Möglichkeit«, sagte Looking Glass. »Wenn wir erst an den Soldaten vorbei sind, können wir auch ins Tal hinunter. Ehe die Sonne aufgeht, werden wir fort sein.«

Wir aßen schnell und bereiteten uns dann darauf vor, diesen friedlichen Platz zu verlassen. Wir nahmen die Büffelhäute von unseren Tipis, ließen aber die Zeltpfähle zurück, um die Last zu verringern. Die Kochfeuer wurden gelöscht, die Asche verstreut und Erde darüber gehäuft.

Die lange Reihe von Pferden verließ Salmon Creek. Wir stiegen den steilen Hang nördlich der Schlucht hinauf, umgingen die Soldaten und waren bald hoch über den Barrikaden. Bäume verbargen uns und doch sahen die Blaujacken uns vorüberziehen. Sie sagten kein Wort, aber sie schossen auch nicht. Der Krieg war vorüber.

Neun

Ohne Furcht folgten wir dem Bachlauf in das Bitterroot Valley hinein. Wir setzten unseren Weg jetzt langsamer fort. Die Späher suchten unseren Weg nicht mehr nach Hinweisen auf Blaujacken ab. Wir zogen durch das Tal, tauschten Goldstaub und Pferde gegen Lebensmittel. Die Siedler schienen freundlich zu sein. Die Kaufleute öffneten ihre Vorratskammern und verkauften uns Mehl und Kaffee, Zucker und Tabak. Sie verkauften uns auch schweren Stoff, aus dem wir Tipis herstellen konnten, denn einige von uns hatten ihre Büffelfelle hinter dem Berg zurückgelassen. Soldaten sahen wir nicht. Wenn wir vorüberritten, winkten uns die Siedler zu und wünschten uns alles Gute. Und doch schien das Herz meines Vaters mit jedem Hufschlag seines Pferdes schwerer zu werden. Wir entfernten uns immer weiter und weiter vom Land der Wandernden Wasser.

Ich drückte meinem gescheckten Pony die Fersen in die Flanken und ritt an die Seite meines Vaters. Sein Blick war auf die Baumreihe gerichtet, die dort stand, wo Himmel und Erde einander begegneten, aber er sah sie wohl nicht. In seinen Augen lag Schmerz.

»Sind wir in Sicherheit, Vater?«, fragte ich.

»Für den Augenblick sind wir sicher«, antwortete er. »Den Krieg haben wir in Montana bei unseren Feinden zurückgelassen. Aber unsere Heimat werden wir niemals wieder sehen. Mein Herz ist schwer, weil ich fürchte, in einem fremden Land sterben zu müssen, fern von den Gebeinen meines Vaters und meiner Mutter.«

»Wir können noch kämpfen«, sagte ich. »Das Blut unseres Volkes ist vergossen worden und die jungen Männer sind bereit, im Kampf zu sterben.«

Bei meinen Worten wandte er den Kopf und sah mich an. »So darfst du nicht reden«, sagte er. »Die weißen Siedler sind wie Sand im Fluss. Je mehr wir töten, desto mehr kommen. Unsere Krieger würden sterben und auch viele von denen, die nicht kämpfen. Und wer soll sich um Frauen und Kinder kümmern, wenn die Krieger tot sind?

Sie wären dann noch immer weit weg von zu Hause. Wir müssen unsere Frauen und Kinder beschützen, auch wenn das bedeutet, dass wir als Fremde in einem fremden Land leben müssen.«

Sein Mund bildete einen schmalen Strich. Seine Worte klangen wie Seufzer. »Wir werden in das Land der Crows ziehen«, sagte er. »Dort können wir Büffel jagen und unsere Herde wieder auffrischen. Den Crows tun die Blaujacken nichts.«

Erst war ich traurig, aber dann drängte sich ein Gedanke wie ein Sonnenstrahl in meinen Kopf. Wenn der Krieg wirklich vorüber war, würde Two Moons nichts mehr gegen die Hochzeit einwenden. Mir wurde froh zu Mute. Wenn wir erst bei den Crows waren, konnte Swan Necklace vielleicht farbige Erde finden und unsere Hochzeitsdecke bemalen. Und dann konnten wir unser eigenes Tipi haben. Sobald mein Vater sich wieder besser fühlte, wollte ich mit ihm darüber reden.

Ich blieb hinter ihm zurück, um mit den Kindern zu reiten. Ich zeigte ihnen die Eichhörnchen, die an den Baumstämmen hinaufhuschten und von Ast zu Ast sprangen. Ich deutete auf die Falken, die hoch am Himmel hingen, und auf die Waldmurmeltiere, die neben ihren Löchern hockten. Ich rief die Kinder zusammen, wenn wir an reifenden Brombeeren vorbeikamen, und ich erzählte ihnen von dem Draht, der am Wegrand zwischen Pfählen gespannt war.

»Seht ihr den silbernen Draht dort?«, sagte ich. »Der redet bei Tag und bei Nacht. Er singt wie eine Lerche und schickt die Worte der Siedler von einem Ort zum anderen.«

Zum ersten Mal seit wir Salmon Creek verlassen hatten, lachten die Kinder. Sie wollten nicht glauben, dass ein Draht Worte meilenweit tragen konnte. Mir fiel es ja selber schwer, daran zu glauben, aber mein Vater hatte mir von dem Klickklack erzählt. Er sagte, diese Klicks liefen durch den Draht wie böse Geister und erzählten dem einarmigen General, welchen Weg wir nahmen und wo wir an den Abenden unser Nachtlager aufschlugen.

Swan Necklace kam zu uns. Wir ritten nebeneinander. Unsere Beine berührten sich. Ich sah Swan Necklace an, dachte an unsere Hochzeit und meine Wangen wurden tiefrot.

Um meine Verlegenheit zu verbergen, erzählte ich den Kindern Geschichten über Kojote, den trickreichen Gauner mit seinen magischen Kräften. Eine ihrer Lieblingsgeschichten handelte von der Zeit, zu der Kojote die Stämme geschaffen hatte. In einem Sommer zu der Zeit, als es noch keine Menschen gab, erfuhr Kojote, dass ein furchtbares Ungeheuer alle Tiere auffraß. Kojote ging zu dem Fluss, an dem das Monster lebte, und ließ sich von dem entsetzlichen Geschöpf auffressen. Sobald Kojote dann im Bauch des Ungeheuers war, zündete er ein Feuer an. Mit einem steinernen Messer schnitt er dem Monster das Herz aus dem Leib, und während das Ungeheuer starb, schnitt ihm Kojote den Bauch auf und befreite alle Tiere.

Dann zerschnitt er den Leib des Ungeheuers in kleine Stücke und verteilte sie über das ganze Land. Jedes einzelne Stück von dem blutigen Fleisch wurde zu einem Stamm. Aus einem Stück entstanden die Flatheadindianer, aus einem anderen die Crows. Aus einem wurden die Sioux, aus einem anderen die Assiniboin, aus wieder anderen die Blackfoot, die Kutenai, die Bannock, die Cayuse und die Paiute.

Alle Stücke waren schon verteilt, als der Fuchs dem Kojoten sagte, er habe aber vergessen, ein Stück des Ungeheuers in das Land am Fluss zu werfen, an dem er das Monster getötet hatte. Da nahm Kojote das Herz des Untiers und besprengte das ganze Land mit dem Blut. Aus den Blutstropfen wurden die Ne-mee-poo, die wirklichen Menschen. Herz und Leber des Ungeheuers warf Kojote niemals fort. Noch heute kann man sie als zwei große Steinbrocken genau in der Mitte unseres Landes liegen sehen.

Ein andermal gerieten Kojote und Schwarzbär in einen heftigen Streit. Kojote war gerade mit dem Fischfang beschäftigt, als der Streit begann. Er wurde so zornig, dass er aus dem Fluss watete und sein Fischnetz hoch den Berg hinaufwarf. Dann packte er Schwarzbär beim Nackenfell, schüttelte ihn heftig und sagte, er wolle den Bären lehren, ihn beim Fischen zu stören. Er hob Schwarzbär in die Höhe und warf ihn auf einen Hügel am anderen Ufer des Flusses. Dann benutzte er seine Zauberkräfte, um den Bären in einen Stein zu verwandeln. Und dort sind sie bis zum heutigen Tag geblieben: hoch über dem Clearwater River, das Netz auf der einen, der Bär auf der anderen Seite des Flusses.

Ich erzählte Geschichten, bis die Schatten niedersanken und wir unseren Ritt unterbrachen. Seit zehn Sonnen waren wir nun schon in dem Tal.

Zehn

Wir hatten ein zweites großes Tal mit Buschwerk und Weiden und großen weißen Bäumen erreicht. Ein klarer Strom floss von einer fernen Küste zu einer anderen: ein langsamer Tagesritt. Blüten sprenkelten das hohe Gras, das an den Ufern wuchs. Wir waren müde von unserer langen Reise und die Alten strauchelten fast bei jedem Schritt. Aber die Rotjacken liefen mit geschwellter Brust durch das Lager und verspotteten alle, die sie aufhalten wollten.

Looking Glass sagte, dass wir drei Sonnen lang an diesem Fleck bleiben wollten. Hier konnten wir Zeltstäbe schneiden und sie dann trocknen lassen. Die Birken ringsum waren hoch, glatte Stämme wuchsen überall am Ufer. Für Zeltstäbe waren Birken die besten Bäume. Unsere Frauen schnitten junge Bäume ab, entrindeten sie säuberlich und legten sie dann zum Trocknen in die Sonne. Ohne sie hätten wir unter dem freien Sternenhimmel schlafen müssen. Die Zeltstäbe konnten wir für den letzten Teil unserer Flucht gut brauchen.

Wir sammelten Nahrung für unterwegs. Die Krieger jagten Antilopen und Hirsche und die alten Männer fingen Fische. Die Frauen gruben Wurzeln aus. Niemand dachte an die weißen Soldaten, die wir in Montana zurückgelassen hatten. Niemand außer Lone Bird, der einer unserer tapfersten Krieger war.

Er ritt durch das Lager und sagte den Häuptlingen, dass wir uns wieder auf den Weg machen sollten. »Ich traue den Blaujacken nicht«, sagte er. »Vielleicht sind sie dicht hinter uns. Wir sollten weiterziehen und uns beeilen. Vielleicht ist uns der Tod auf den Fersen.«

Wah-lit-its stimmte ihm zu und erzählte uns seinen Traum: »In der Nacht habe ich gesehen, wie ich selbst getötet wurde. Ich schrecke vor dem Tod nicht zurück, aber vorher will ich noch ein paar Soldaten töten. Meine Brüder, meine Schwestern, ich sage euch, wir alle werden sterben!«

Er bot sich an, gemeinsam mit den Rotröcken den Weg zu überprüfen, den wir zurückgelegt hatten.

White Bird fand das gut, aber Looking Glass meinte, Wah-lit-its sollte lieber Antilopen jagen. »Die Blaujacken sind weit fort jenseits der Berge«, sagte er. »Unsere Pferde sind müde und brauchen Ruhe. Hier ist ein friedlicher Ort und wir sind in Sicherheit. Dein Traum war Einbildung, nichts weiter.«

Wir vergaßen Lone Birds Warnung und Wah-lit-its' Traum. Nach der Rückkehr der Jäger gab es einen fröhlichen Abend. Wir aßen Forellen und in Asche gebackene Camas-Wurzeln und dazu die letzten Beeren, die wir unterwegs gepflückt hatten.

Swan Necklace polierte seine Stiefel und schmierte sich Bärenfett ins Haar, dass es richtigen Glanz ausstrahlte. Er sprach freundliche Worte über meine Jacke aus Adlerfedern und Gänsekielen und das blaue Perlenband, das ich um die Stirn trug. Aber sonst war er so erfüllt von seinem Anteil an dem Kampf, dass er kaum über anderes reden konnte.

Ich war stolz auf ihn, und um ihn zu erfreuen, sagte ich: »Noch ein Kampf mit den Blaujacken, dann wirst du bestimmt ein Anführer werden!«

»In ein paar Tagen werden sie herangeschlichen kommen und ich werde noch viele von ihnen töten!«

Die Kinder malten scheußliche Masken von toten Soldaten, denen die Augen auf die Wangen herabhingen und denen die Ohren abgeschnitten waren. Sie gruben tiefe Löcher, begruben die Masken darin und summten geheime Gesänge, die sie selbst erfanden.

Unsere Ponys und Maultiere waren dicht am Fluss angepflockt, wo sie in der Nacht leicht zu bewachen waren. Posten wurden an den Hängen aufgestellt, aber nicht genug. Das ganze Lager schlief fest. Frösche quakten ihr Nachtlied. Ein Kind schrie, Hunde bellten. Eine Frau, die am White Bird Canyon verwundet worden war, stöhnte. Das waren die einzigen Geräusche, die ich hörte, bis der Tag anbrach.

Der Himmel war von einem kalten Grau, als ich aus einem unruhigen Schlaf erwachte und aus dem Tipi kroch. Ich hatte gerade einen Topf genommen, um Wasser für das Morgenmahl zu holen, als der erste Schuss über den Fluss hinwegfegte. Er kam von einem Baum dicht hinter mir.

Wah-lit-its, in seinen langen roten Umhang gehüllt, war hinausgegangen, um zu sehen, ob die Herde noch sicher angepflockt war. Mit dem Schritt eines Kriegers ging er am Ufer entlang. Eine zweite Kugel traf ihn in den Rücken und warf ihn zu Boden. Er hatte Richard Devine getötet und den Krieg begonnen und die Feinde wussten es.

Wah-lit-its kroch zum Fluss. Gerade als seine Frau aus ihrem Tipi kam, fiel er ins Wasser. Sie war schon schwer von dem Kind, das sie ihm gebären sollte, und sie ging langsam. Sie fing ihn in ihren Armen auf und hielt ihn fest, bis er ein langes Keuchen ausstieß und tot war.

Der Mann, der Wah-lit-its erschossen hatte, stand über ihr. Während er seinen rauchenden Revolver nachlud, sagte er etwas, das ich nicht verstehen konnte. Die nächste Kugel traf die Frau mitten in die Brust. Sie taumelte, gab aber keinen Laut von sich. Irgendwie gelang es ihr, ihm die Waffe zu entwinden, dann zielte sie sorgfältig und schoss ihm ins Gesicht. Darauf sank sie zu Boden und starb. Mein Vater fuhr aus seinem Bett auf und kam aus dem Zelt gelaufen. Er drückte mir meine kleine Schwester in die Arme. Die Luft war erfüllt von Schreien, von Kriegsrufen, von Kinderweinen. Dazwischen peitschten immer wieder Schüsse. Kugeln surrten durch das Lager wie Hagelschlag. Feuer brannten am ganzen Ufer entlang von einem Tipi zum anderen. Frauen mit Kindern rafften ihre Röcke hoch, nahmen ihre Babys auf den Rücken und liefen schreiend von den Zelten fort. Mein Vater wies sie an, den Fluss zu meiden und sich am Hügel im Busch zu verstecken. Inzwischen brannten alle Tipis. Meine Mutter kam herausgelaufen. Ihr zu Zöpfen geflochtenes Haar stand in Flammen.

Einige der Frauen wollten sich im Fluss verstecken, doch das Wasser war zu flach und ihre Köpfe ragten daraus hervor. Soldaten schossen auf die Köpfe und töteten alle, bis auf ein kleines Mädchen, das auf dem Grund entlangkriechen und sich dann an einer Weide am Ufer festklammern konnte.

Unsere Krieger trieben die Soldaten über den Fluss zurück. Dann versammelte Looking Glass die Krieger und verteilte sie über die Ebene zwischen dem Fluss und den fernen Hügeln. Sie hoben Gruben aus, legten ihre Gewehre bereit und bauten Steinwälle, über die sie hinwegschießen konnten, ohne vom Feuer der Soldaten getroffen zu werden. Die Gewehre waren nicht neu und oft blieben die zu weich gegossenen Kugeln in den Läufen stecken und ließen sie bersten. Zu essen hatten sie nichts und es war schwierig, den Fluss zu erreichen, ohne sich den Schüssen des Gegners auszusetzen. Doch von dem Augenblick an, da Looking Glass sie in ihre Erdlöcher geschickt hatte, kämpften sie, bis die Läufe ihrer Gewehre schmolzen.

Als der Morgen graute, ging Häuptling Joseph zu den Erdlöchern und zählte. Einunddreißig unserer Leute fand er tot vor, sechsundzwanzig schwer verwundet. Die meisten Toten und Verletzten waren Frauen, alte Männer und Kinder. Manche waren von den Soldaten bei dem Angriff in der Dämmerung mit Gewehrkolben erschlagen worden. Wir hatten zwölf Krieger verloren. Red Moccasin Tops war tot. Eine Kugel hatte ihn in den Hals getroffen. Von den Rotjacken lebte nur noch Swan Necklace.

Die Soldaten, die tot oder verwundet in den Hügeln lagen, konnte mein Vater nicht zählen, doch unsere Krieger sagten, die Blaujacken lägen zuhauf auf der Erde. Lean Elk, der erst vor wenigen Sonnen zu uns gestoßen war, kämpfte tapfer. Er führte eine Gruppe an, die eine Kanone der Soldaten erobert, zerschlagen und im Sumpf versenkt hatte. Außerdem hatten sie genug Kugeln erbeutet, um noch viele Kämpfe austragen zu können. Und doch hatten wir einen Verlust erlitten, den wir nicht ein zweites Mal ertragen konnten.

Die Kämpfe endeten, als die Nachtfalken zu kreisen begannen. Swan Necklace und ich hielten uns bei den Händen und sprachen von dem Tag, an dem wir heiraten und wieder in unserem wunderschönen Wallowa leben würden. Wir beobachteten zwei Mädchen, die ihr nasses Haar kämmten. Sie hatten den größten Teil des Tages im Fluss zugebracht und waren nur zum Atmen aufgetaucht.

Dann half ich bei der Pflege der Verwundeten. Meine Mutter war getroffen worden, als sie mit brennenden Haaren zum Fluss gelaufen war. Die ganze Nacht kämpften wir dicht am Wasser um ihr Leben. Mein Vater hielt sie so in den Armen, dass sie das niedergebrannte Lager nicht sehen musste und stattdessen dem sternklaren Himmel zugewandt war. Als sie starb, sagte mein Vater: »Wird dieser Hass jemals enden? Er macht mir das Herz schwer. Alle Menschen sind vom selben Großen Geist erschaffen worden. Und doch schießen wir einander nieder wie Tiere.«

Elf

Mit schweren Herzen bereiteten wir uns in der Nacht zum Aufbruch vor. Vier unserer besten Krieger waren tot. Neben Wah-lit-its hatten wir auch Red Moccasin Tops, Rainbow und Five Wounds verloren. Nur wenige Familien hatten keinen toten Verwandten zu beklagen. Die Blaujacken hockten in Schützenlöchern zwischen den Bäumen und konnten unser Lager nicht sehen. Ein

Dutzend unserer Krieger beschäftigte sie mit immer neuen Schießereien, sodass wir entkommen konnten.

Mein Vater leitete unsere Flucht. Er ließ die Pferde zusammentreiben und wir waren zum Aufbruch bereit. Wir rissen die nicht verbrannten Tipis ab und machten aus den Zeltpfählen Tragen für die Verwundeten. Mit meiner kleinen Schwester auf dem Rücken half ich, Fair Land, Ollokots Frau, auf eine Trage zu legen. Sie war fast tot, aber Ollokot kämpfte noch immer und konnte nicht bei ihr sein. Wer nur geringere Verletzungen davongetragen hatte, wurde auf ein Pony gebunden. Ich half White Feather auf ihr Pferd. Sie verzog vor Schmerzen das Gesicht, als ich sie in den Sattel hob. Gleich zu Beginn der Kämpfe war sie von einer Kugel an der Schulter getroffen worden. Sie stürzte zu Boden und griff nach irgendetwas, woran sie sich aufrichten konnten. Es war der Stiefel einer Blaujacke. Er schlug ihr den Gewehrkolben ins Gesicht. Der Schlag zerriss ihr die Lippe und brach einen ihrer Vorderzähne ab. Ihre Lippe war geschwollen, sie war nicht mehr hübsch, aber sie würde überleben.

Ehe wir unseren Weg begannen, begruben wir viele unserer Toten. Während wir sie in Büffelfell hüllten, sangen wir unsere Klagelieder. Ihr Klang zerschnitt die Stille wie die Trauer unsere Herzen. Zu jedem Toten, den wir begruben, legten wir ein Stück aus seinem Besitz, das ihm lieb gewesen war: eine Flöte, eine Halskette, ein Armband aus Kupferdraht, ein gesticktes Stirnband. Als ich half, meine schöne Mutter ins Grab zu legen, fielen meine Tränen auf das Tuch, in das wir sie gehüllt hatten. Mit Messern hatten wir Gräber an einem Uferstreifen ausgehoben. Wir legten die Toten hinein und deckten Erde über sie.

Häuptling Joseph führte die Frauen, die Kinder, die Alten und den Rest unserer Krieger fort vom Big Hole. White Bird, der zum Kämpfen zu alt war, ritt mit uns. Die anderen Häuptlinge blieben bei den Kämpfern. Viele Büffelhäute und einen großen Teil unserer Nahrungsvorräte mussten wir zurücklassen. All unsere Habe war über den Boden verstreut.

Wir zogen erst auf die sanft geschwungenen Hügel zu und wandten uns dann südwärts zum Gebirge. Hinter uns wurde der Schlachtenlärm schwächer und in der grauen Dämmerung dehnte sich ein deutlich sichtbarer Pfad, wo unsere Ponys das Gras zertreten hatten. Die Holzrahmen der Tragen gruben Furchen in die Erde. Es konnte unseren Kriegern nicht schwer fallen, uns zu folgen.

Die Morgennebel lichteten sich, die Sommersonne brannte auf uns hernieder. Um die Tragen bildeten sich Staubwolken. Wir hielten oft an, um die Augen unserer Verwundeten zu beschatten und ihnen die trockenen Lippen anzufeuchten. Nach einem langen Wegstück in der Sonne hielten wir an einem schmalen Bach an, der im Schatten von Weiden lag. Die Sonne stand noch immer am Himmel, aber unsere Verwundeten konnten nicht mehr weiter.

An diesem Abend starb Fair Land. Mein Vater hielt ihre Hand, als sie starb, und ich trauerte mit ihm. Wir trauerten auch um meine Mutter. Als der Geist von Ollokots Frau in die Nachwelt eintrat, sahen wir meine Mutter noch einmal sterben.

Mein Vater seufzte tief. »Wir haben niemals Krieg gegen Frauen und Kinder geführt«, sagte er. »Aber die

Blaujacken töten Frauen und Kinder zuerst. Das ist eine schändliche Art zu kämpfen.«

Der Krieg begeisterte mich nicht mehr. Wir hatten zuvor die Blaujacken ohne große Mühe besiegt. Wenige Männer unseres Volkes waren getötet worden. Aber jetzt hatten wir viele verloren. Es zerriss mir fast das Herz. Ich hatte Angst um Swan Necklace und fürchtete für mein Volk.

Doch ich hatte keine Zeit über meine Ängste nachzudenken. Bending Willow schrie nach ihrer Mutter und ihrer Milch. Ich fütterte sie mit weichem Brei, doch sie spuckte ihn aus und schrie noch lauter. Dann kniete Deer Woman neben ihr, deren Baby von den Blaujacken getötet worden war. Sie nahm Bending Willow in den Arm, drückte sie fest an sich und gab ihr die Milch, die ihr eigenes Kind nicht mehr brauchte.

In jener Nacht schliefen wir wenig. Es gab viele Verwundete zu versorgen. Ich schleppte Wasser, wechselte Verbände, fütterte diejenigen, die essen konnten, mit Brei aus Camas-Wurzeln. Und ich tröstete diejenigen, die vor Schmerz weinten.

Am Morgen, als wir die Pferde beluden, kamen die Krieger in das Lager geritten. Swan Necklace war unversehrt. »Mach dir keine Sorgen um mich«, sagte er. »Kugeln können mir nichts anhaben, solange ich meine Kriegspfeife habe.«

Wenn er in den Kampf zog, blies er seine Kriegspfeife, die aus dem Knochen eines Kranichflügels geschnitzt war. Ihr durchdringender Ton rief seinen Schutzgeist herbei, der über ihn wachte.

»Aber Red Moccasin Tops ist tot«, antwortete ich.

»Sein Schutzgeist hat ihn nur vor Wunden an seinem Leib beschützt«, sagte Swan Necklace. »Aber er wurde in den Hals geschossen.«

»Und Wah-lit-its? Und Rainbow? Und alle unsere tapferen Krieger, die jetzt tot sind?«

»Wah-lit-its ist vielleicht getroffen worden, ehe er seinen Zauber aus Wieselfell und Rabenfedern hochhalten konnte«, sagte Swan Necklace. »Und Rainbows Schutzgeist hat ihn im Kampf nur nach Sonnenaufgang geschützt. Dann konnte er mitten unter die Feinde gehen. Aber er wurde getroffen, als der Himmel noch dunkel war.«

Ich dachte über seine Worte nach und betete zum Großen Geist, er möge ihn beschützen.

Wir begruben Fair Land in ihrem Kleid aus Elchleder, das sie an Festtagen getragen hatte, und mit einer Halskette aus Muscheln aus dem Land der Großen Wasser. Dann klagten wir lange um sie.

Bevor wir das Lager verließen, trat der Rat der Krieger noch einmal zusammen. Looking Glass war in Ungnade gefallen. Er hatte das Volk in Gefahr gebracht.

»Wir sind zu langsam vorangekommen und sind zu sorglos gewesen«, sagte White Bird. »Wir können nicht noch einmal kämpfen. Wenn wir einen weißen Krieger töten, werden tausend andere seinen Platz einnehmen. Wenn aber wir einen Krieger verlieren, ist niemand mehr da, der an seine Stelle treten kann.«

Der Rat hörte seine Worte und wählte einen neuen Führer. Es war Lean Elk, ein junger Krieger mit einem schmalen Mund und flammenden Augen. Um die Mittagszeit schickte er uns mit seinem glühenden Blick südwärts.

Zwölf

Lean Elk hielt uns in Bewegung. Krieger ritten vor und hinter unserem Zug. Die Frauen, die Kinder und die Alten ritten in der Mitte auf unseren freien Pferden. Vor Tagesanbruch saßen wir schon auf unseren Ponys und dann ritten wir, bis die Sonne halb den Himmel hinaufgestiegen war. Dann hielten wir an, um eine Mahlzeit zu bereiten. Die Pferde grasten, während wir ruhten. Aber bald saßen wir wieder im Sattel und zogen weiter bis lange nach Anbruch der Dunkelheit. Jede Sonne brachte uns ein großes Stück voran.

Noch mancher von unseren Verwundeten starb. Gray Eagle, der Vater von White Feather, starb nach drei Sonnen. Eine alte Frau, die ein Schuss in den Bauch getroffen hatte, blieb zurück, um allein zu sterben. Sie sagte, sie könne nicht länger auf einer Trage liegen. Wahrscheinlich hatte sie das Gefühl, dass sie unseren Marsch verlangsamte und dadurch den Stamm gefährdete. Wir legten sie in den Schatten einer Weide und ließen Nahrung und eine Flasche Wasser bei ihr zurück.

Wir überquerten die Berge und wandten uns dann wieder der aufgehenden Sonne zu. Wenn wir rasteten, redeten wir miteinander. Alle waren sich einig, dass alle Weißen Feinde seien. Siedler vom Bitterroot Valley hatten am Big Hole Seite an Seite mit den Soldaten gekämpft. Dieselben Leute, die uns zugelächelt und uns Zucker verkauft hatten, hatten unsere Frauen und Kinder im Schlaf getötet. Im ganzen Lager herrschte Zorn.

Als unsere Späher Pferde von den Ranches stahlen, an

denen wir vorüberkamen, sagte kein Ne-mee-poo ein Wort gegen sie. Pferde, die wir mitnahmen, konnten nicht von den Soldaten verwendet werden, die uns verfolgten. Bei einem Pferdediebstahl töteten die Späher auf einer Ranch drei Männer. Aber unsere Krieger gehorchten Häuptling Joseph. Sie skalpierten die Toten nicht. Stattdessen hüllten sie die Leichen in Decken. Sie nahmen auch kein Geld, sondern nur Stoff, mit dem wir unsere Verwundeten verbinden konnten.

Eines Morgens warnten uns die Späher, dass Soldaten ganz in der Nähe seien. Der einarmige General und seine Männer hatten den Platz erreicht, an dem wir in der vergangenen Nacht gelagert hatten. Er lag zwischen zwei klaren Bächen voller Forellen. Pappeln und Weiden sorgten für Schatten und die Pferde fanden reichlich Gras. Dort unterbrachen die Soldaten ihren Marsch, um zu rasten.

Die Häuptlinge riefen die Krieger zusammen. »Wenn der General keine Pferde hat, können seine Soldaten nicht reiten«, sagte Lean Elk. »Und ohne Maultiere kommt er mit seinen Wagen nicht voran und kann uns nicht verfolgen. Heute Nacht stehlen wir seine Herden.«

An jenem Tag rasteten wir in den Camas Meadows. Die Camas-Blüten waren verblasst. Die Wurzeln waren noch klein, doch wir sammelten genug, dass wir viele Sonnen lang davon essen konnten. Manche aßen wir gleich roh, die anderen trockneten wir. Später würden wir sie dann mit Beeren vermengen und zu Kuchen formen, die wir auf den Pferden leicht mitnehmen konnten.

Während wir arbeiteten, planten die Häuptlinge den Überfall. Als die Sonne hinter den Bergen versunken war, brachen die Krieger in drei Gruppen auf. Ollokot, Looking Glass und Too-hul-hul-sote waren die Anführer. Swan Necklace und Two Moons ritten mit Ollokot.

Als die Gruppen fort waren, huschte ich hinaus und bestieg mein Pony. Meinem Vater sagte ich nicht, was ich vorhatte. Ich wusste, dass er es mir verbieten würde.

Unter dem Halbmond ritten die Krieger schnell und schweigend dahin. Ich ritt hinter ihnen und blieb immer in einem ausreichenden Abstand, damit sie mich nicht hören konnten. Als wir uns dem Lager der Soldaten näherten, wurden die Pferde langsamer.

Ich sah zu, wie die Krieger in den Pferch der angepflockten Pferde eindrangen und ihre Halfter durchschnitten. Sie hatten erst wenige Minuten gearbeitet, als ein Soldat rief: »He, wer ist da?«

Ein Schuss fiel. Einer unserer Krieger hatte sein Gewehr abgefeuert. Das alarmierte die Soldaten. Sie schrien wild durcheinander. Ein Hornsignal ertönte.

Die Krieger schrien und schwenkten ihre Umhänge aus Büffelhaut, um die Herden zum Laufen zu bringen. Dann ritten sie davon und schossen dabei über die Schultern zurück. Ehe sie das feindliche Lager hinter sich ließen, zog einer der Krieger ein brennendes Holzscheit aus dem Lagerfeuer und setzte damit die Planwagen in Brand. General Howard blieb mit nutzlosen Aschehaufen zurück.

Plötzlich entstand ein wildes Geschrei. Eine Herde stob vorüber und jagte durch den Nebel. Mit seinen schnellen Reitern fing Ollokot die Tiere ein und trieb sie zu unserem Lager zurück.

Überall rund um mich waren durchgehende Tiere. Der

Große Geist muss wohl über mich gewacht haben, denn der Strom der Tiere teilte sich in zwei Flüsse, die an beiden Seiten an mir vorbeischossen. Ich spürte ihren heißen Atem, doch auch im Vorüberjagen streiften sie mich nicht einmal an den Beinen.

Swan Necklace kam mit mehreren Pferden herangeritten, aber er sah mich nicht. Nachdem er vorüber war, gab er einen Schuss ab und schwang die Peitsche über den Rücken der Pferde. Die Pferde wieherten und liefen mitten in die Herde hinein.

Eine kräftige Hand packte meinen Arm. Die Finger drückten so fest auf den Knochen, dass ich wimmerte. Eine kalte Messerklinge berührte meinen Hals. Eine grobe Männerstimme sagte: »Wen haben wir denn hier?« Es war Too-hul-hul-sote.

»Ich bin Sound of Running Feet«, flüsterte ich. Mein Mund war vor Angst ganz ausgedörrt.

»Ah«, sagte er tadelnd. »Du willst dich wohl umbringen lassen?« Er ließ meinen Arm fallen, schob sein Messer in den Gürtel zurück und griff nach dem Zügel meines Ponys. Dann ritt er der durchgehenden Herde nach und zog mich hinter sich her.

Noch ehe wir weit geritten waren, verblasste die Dunkelheit. Im ersten grauen Licht erkannten wir, dass wir nur drei Pferde gefangen hatten, dafür aber alle Maultiere des Generals.

Es blieb uns keine Zeit, über den Überfall zu sprechen. Die Soldaten waren dicht hinter uns. Die Hälfte der Krieger glitt von den Pferden und machte sich kampfbereit. Wir Übrigen ritten mit den Maultieren davon.

Too-hul-hul-sote ließ den Zügel meines Ponys fallen

und schlug ihm auf das Hinterteil. »Zurück zum Lager!«, schrie er und wandte sich dann ab, um sich den Kriegern anzuschließen, die hinter Felsen kauerten.

Nicht lange nachdem wir Camas Meadows erreicht hatten, kam der Rest der Krieger. Sie waren in Hochstimmung. Nur einer von ihnen war getroffen worden und seine Wunde war nicht schlimm. Die Kugel hatte nur seinen Arm gestreift. Sie hatte eine blutige Schramme hinterlassen, die ihn aber nicht daran hindern konnte, an dem Festessen teilzunehmen. So klein war seine Wunde, dass die Krieger ihm einen neuen Namen gaben: Little Wound.

Es war eine glückliche Zeit für uns. Unsere Krieger sangen und den Alten fielen die Lieder wieder ein, die sie längst vergessen hatten. Wir hatten an dem einarmigen General eine kleine Rache genommen. Das war eine Schande für ihn.

Ein neuer Geist erfasste das Lager, etwas von dem Geist, der uns ausgezeichnet hatte, ehe der weiße General gekommen war. Wir hatten seine Soldaten in den Schlachten am Clearwater und White Bird Canyon geschlagen.

»Und wir werden sie wieder schlagen«, sagte Ferocious Bear.

Er saß auf seinem gescheckten Pony und schrie es jedem Einzelnen von uns im ganzen Lager zu, auch den Lahmen und den Frauen, die nur Körbe flechten und Wurzeln sammeln konnten.

Endlich ging er zu unserer letzten Rotjacke und legte ihm die Hand auf die Schulter. Er sagte nichts, sondern drückte Swan Necklace nur kräftig den Arm.

Dreizehn

Nach dem Kampf rasteten wir eine ganze Sonne lang. Wir wussten, dass die Soldaten uns nicht verfolgen konnten, weil sie keine Maultiere mehr besaßen. Lean Elk war nicht so froh wie alle anderen im Lager. Er meinte, wir hätten auch die Pferde in unsere Hand bekommen müssen. Er rief mich zu seinem Tipi.

Ich kämmte mir das Haar und flocht schmale Streifen Otterfell hinein. Dann rieb ich mein Gesicht mit einem feuchten Tuch ab. Ich putzte den Schmutz von meinem Kleid aus Elchleder. Dann ging ich langsam durch das Lager. Mein Rock streifte das hohe Gras. Ich war sicher, dass mir Schwierigkeiten bevorstanden.

Lean Elk schwieg lange. Er sah mich mit seinen flammenden Augen an, bis ich mich klein wie ein Backenhörnchen fühlte. »Ich habe gehört, du hast in der vergangenen Nacht den Krieger gespielt«, sagte er. Es schien ihn nicht zu freuen.

Meine Worte klangen wie klappernde Kieselsteine. »Ich … ich … w … wollte den Überfall sehen«, sagte ich.

»Und dein kindischer Wunsch hat uns eine Pferdeherde gekostet«, sagte er.

Der Ärger verdrängte meine Furcht.

»Ich habe das Gewehr nicht abgefeuert«, sagte ich. »Ich hatte keine Waffe. Ein Krieger bin ich nicht, aber ich bin auch kein dummes Kind, das die Soldaten warnen würde.«

Lean Elk versuchte streng auszusehen, doch seine Mundwinkel zuckten. Er fuhr sich mit der Hand über den Mund, um sein Lächeln zu verbergen. »Du meinst also, dass du mehr vom Krieg verstehst als unsere tapferen Krieger?«, fragte er.

»Nein«, antwortete ich. »Aber ich habe auch nicht gekämpft; ich habe nur zugeschaut.«

»Das nächste Mal gehorchst du deinem Vater«, sagte er. »Ne-mee-poo-Frauen kämpfen nicht.«

»Die Blaujacken haben meine Mutter getötet«, entgegnete ich. »Darum würde ich gegen sie kämpfen, wenn sie wiederkämen. Ich wäre so tapfer wie die Frau von Wahlit-its. Sie hat neben ihrem Mann gekämpft.«

»Der Kampf war ihr aufgezwungen worden«, sagte Lean Elk. »Du hast ihn gesucht. Du bist uns in die Quere gekommen. Too-hul-hul-sote hätte dich fast getötet. Er war sehr zornig. Erspare uns weitere Kriegsspiele. Das schickt sich nicht für die künftige Frau einer Rotjacke.«

Ich wusste nicht, was ich sagen sollte. Ich war ihnen wirklich in die Quere geraten und Too-hul-hul-sote hätte mir beinahe die Kehle durchgeschnitten. Ich nickte und sagte nichts mehr.

Am nächsten Morgen verließen wir die Wiese in ruhigem Marsch. Der Pfad wurde steil. Nach zwei Sonnen gelangten wir in das Lager der Spirit Fountains, wo sich ein breiter Pfad am Flussufer entlangzog. Elche und Hirscheästen in der Ferne. Auf den Wiesen war noch Sommer, doch im höher gelegenen Land färbten sich die Blätter schon rot. Die Bäche führten grünes Wasser, das bald zu Eis werden würde. Die Flüsse waren schon von einer dünnen Eisschicht überzogen. Würgkirschen, bei deren Geschmack sich die Zunge zusammenzog, hingen verdorrt und bitter an ihren Stängeln, aber man konnte den

Atem anhalten, die Augen schließen, das Gesicht verziehen und sie hinunterschlucken.

Wir waren an einem seltsamen Ort. Ich hatte schon von seinen Gruben mit heißem Schlamm und von den hoch zum Himmel aufsprühenden Fontänen gehört. Bald kamen wir dicht am Weg zu einer kleinen Quelle, aus der das Wasser heraussprudelte und dann zum Rand lief. Ich stand neben dem Wasser und spürte, dass sich unter meinen Füßen etwas bewegte, ganz kalt, so kalt die Erde nur sein konnte, aber dann wurde es warm und breitete sich aus. Es hob sich rings um meinen Leib mit der Wärme menschlichen Atems. Ein Grollen stieg aus dem Mittelpunkt des Teiches auf, weiße Wasserwolken sprühten hoch über meinen Kopf auf einen plötzlich blauen Himmel zu.

Als wir Halt machten, um etwas zu essen, entstand lebhafte Bewegung. Die Späher kamen zu uns geritten, aber sie waren nicht allein. Weiße Siedler waren bei ihnen.

Zwei davon waren Frauen. Die eine ritt ein graues Pferd und hatte so viele Schneezeiten gesehen wie meine Mutter. Ihre Augen hatten die Farbe des Himmels am frühen Morgen, ihre Nase war schmal, ihr Kinn spitz. Ihre Haare, die aussahen wie dürres Gras, hatte sie oben auf dem Kopf zusammengebunden. Sie sah so seltsam aus, dass sie mir Leid tat. Sie trug mehrere lange Röcke und saß mit beiden Beinen auf derselben Seite des Pferdes. Mir kam diese Art zu reiten sehr merkwürdig vor.

Die Frau auf dem scheckigen Pferd war jünger, nicht älter als ich. Auch sie saß seitwärts auf ihrem Pferd. Ihre Augen waren grün wie Frühlingsgras, das Haar hatte das rötliche Gold der untergehenden Sonne und hing ihr offen über die Schultern. Ihr Gesicht war schmutzig. Zweige und Blätter hatten sich in ihrem Haar verfangen, ihr Rock war beschmutzt. Ich nahm an, dass sie einen Fluchtversuch unternommen hatte.

Die Frauen schienen verängstigt zu sein, doch sie starrten nur vor sich hin und sagten nichts.

Häuptling Joseph ging zu ihnen und legte die Hand auf den Zügel des grauen Pferdes. »Fürchtet euch nicht«, sagte er und benutzte die Worte der Weißen. »Am Big Hole haben die Weißen viele unserer Frauen und Kinder getötet, aber wir töten keine Frauen.«

Die Häuptlinge traten zur Beratung zusammen und beschlossen, die Siedler freizulassen, sogar die Männer. Lean Elk befahl ihnen, von ihren Pferden zu steigen.

Als sie auf der Erde standen, führte ein Krieger ihre frischen Pferde fort und gab ihnen dafür einige abgekämpfte Ponys. Mit müden Pferden würden sie mehrere Sonnen brauchen, bis sie die weißen Soldaten erreichten. Bis dahin würden wir die Berge hinter uns haben und wären weit fort.

»Ihr seid frei«, sagte Lean Elk. »Aber spioniert uns nicht nach!«

Die Siedler brachen schnell auf und waren froh, sich davonmachen zu können.

Als der Mond sich hinter den hoch aufragenden Gipfeln der Absaroka Mountains im Osten zeigte, sahen wir die Siedler wieder. Feuer brannte an den Ecken unseres Lagers. Swan Necklace und Ferocious Bear ritten zwischen den Feuern hindurch und trieben einen weißen Mann und die zwei Frauen vor sich her.

Mein Vater ging zu ihnen und sprach mit den Kriegern. Der Zorn ließ seine Stimme lauter werden. Swan Necklace und Ferocious Bear führten ihre Pferde fort und mein Vater brachte die Siedler an unser Feuer.

Sie hatten ihr Wort gebrochen. Kaum außer Sichtweite, waren die Männer abgestiegen, um am Fluss entlang zu unserem Lager zurückzuschleichen und uns nachzuspionieren. Unsere Männer fanden sie in den Büschen am Fluss. Es kam zu einem Kampf und drei der Männer liefen fort. Unsere Späher nahmen die Frau mit dem gelben Haar gefangen, dann auch ihre jüngere Schwester und ihren Bruder. Aber zwei der Männer wurden erschossen. Das machte meinen Vater zornig, denn die Siedler hatten uns ihre Gewehre gegeben und waren deshalb unbewaffnet gewesen.

Er schüttelte den Kopf. »Swan Necklace ist genauso töricht geworden wie Wah-lit-its«, sagte er. »Er hat einen unbewaffneten Mann erschossen und das wird uns in Schwierigkeiten bringen.«

Ich bedeutete den Siedlern, sich zu setzen. Yellow Hair und Dirty Face waren die ersten weißen Frauen, die ich so aus der Nähe sah.

Ich starrte sie neugierig an. Hübsch waren sie nicht, aber sie sahen auch nicht bösartig aus.

Der weiße Mann lächelte mich an. Ich sagte mir, dass er trotzdem ein schlechter Mensch sei, der mich töten würde, wenn er nur könnte.

Ich wandte den Blick ab und lächelte nicht.

Während ich unser Abendessen zubereitete, fing Bending Willow an zu schreien. Ich blieb am Feuer, doch ihr Schreien verstummte. Dafür hörte ich ein Murmeln, wandte mich um und sah, dass Yellow Hair vorsichtig das Wiegebrett meiner kleinen Schwester bewegte. Bald war Bending Willow wieder eingeschlafen.

Die Siedler aßen gebackene Camas-Wurzeln und Antilopenfleisch, das ich an Stöcken gebraten hatte. Sie beklagten sich nicht. Nach dem Essen sagte der weiße Mann ein paar Worte in unserer Sprache zu Häuptling Joseph, doch mein Vater antwortete nicht. Er starrte in die Glut. Sein Herz war schwer und ich wusste, dass er sich Gedanken darüber machte, was mit unseren Gefangenen geschehen sollte.

Nach dem Essen setzte ich mich neben die grünäugige jüngere Gefangene. Sie zog sich zurück bis an das Büffelfell, das uns, zwischen zwei Ästen gespannt, vor der Kälte schützen sollte.

Ich lächelte, berührte meine Brust und sagte: »Sound of Running Feet.« Dann wartete ich.

Sie sagte ihren Namen nicht und so berührte ich erst ihre Wange und tippte dann auf ihre Brust: »Dirty Face!«

Sie sah mit wildem Blick von einer Seite zur anderen. Es war sinnlos. Sie verstand mich nicht.

In der Nacht schliefen die Siedler am Feuer gleich neben unserem Wetterdach. Gegen die Kälte gab ich ihnen Büffelhaut. Dirty Face zog ihr Fell um sich und fing an zu weinen. Yellow Hair sprach leise auf sie ein. Sie legte dem Mädchen den Arm um die Schultern und tröstete sie wie eine Mutter ihr ängstliches Kind. Verwundert sah ich, dass weiße Frauen sich nicht anders verhielten als die Frauen der Ne-mee-poo.

Vierzehn

Am nächsten Morgen ritten Yellow Hair und ihre Schwester neben mir auf zwei von unseren Ponys. Sie benutzten unsere Sättel und ritten wie Ne-mee-poo, die Beine links und rechts vom Pferd herunterhängend. Ihre Röcke hatten sie bis zu den Knien hinaufgerafft und man konnte ihre hohen Stiefel mit vielen Knöpfen sehen.

Ein kalter Wind blies auf uns herab. Dirty Face flatterte das Haar ums Gesicht und sie strich es sich immer wieder aus den Augen. In der Nacht weinte und stöhnte sie im Schlaf und tagsüber erstarrte sie jedes Mal vor Furcht, wenn ein Krieger an ihr vorbeiritt.

Sie hatte nichts zu fürchten. Wir taten Frauen nichts zu Leide. Ich hätte ihr das gern erklärt, doch ich wusste keine Worte für Dirty Face und sie hatte keine Worte für mich. Meine Handzeichen verstand sie nicht. Da kam mir ein Gedanke. Ich holte eine Mütze aus meiner Satteltasche. Es war eine Art Mütze, wie viele unserer Frauen sie trugen. Die setzte ich mir auf, nahm sie dann wieder ab und reichte sie Dirty Face.

Sie zog sich die Mütze über ihr flatterndes Haar und sah mich schüchtern lächelnd an. Sie sagte kein Wort, doch für den Rest des Tages wirkte sie nicht mehr ganz so wie ein in der Falle gefangenes Reh.

Ich fühlte mich wohl.

Als die Schatten lang wurden, hielten wir zur Nachtruhe an. Bevor die Ponys angepflockt wurden, suchte mein Vater zwei aus, die den ganzen Tag über schwere Lasten getragen hatten. Dann rief er die Siedler zu sich.

»Ihr könnt jetzt aufbrechen«, sagte er. »Reitet den Fluss abwärts. Kehrt in eure Häuser zurück.«

Ich gab ihnen als Wegzehrung Kuchen aus Camas-Wurzeln und Trockenfisch mit.

Yellow Hair und Dirty Face bestiegen ihre Pferde. Krieger hielten die Zügel der Pferde beim Durchschwimmen des Flusses. Der weiße Mann saß hinter Two Moons auf dessen Pferd. Die Siedler zogen am Flussufer entlang. Der Mann ging neben den Pferden. Mit müden Ponys und einem Mann, der zu Fuß ging, würden sie nur langsam vorankommen. Das verschaffte uns mehr Zeit.

Viele Sonnen lang zogen wir dem Sonnenaufgang entgegen. Unser Weg führte uns an blubbernden Schlammfontänen und an kleinen Seen vorüber. Sooft wir konnten, folgten wir einem Flusslauf. Die Späher brachten uns die Nachricht, dass die Soldaten uns auf allen Wegen erwarteten. Welchen wir auch einschlugen, die Blaujacken warteten schon auf uns.

Durch den fallenden Schnee sahen wir den Gipfel der verschneiten Absaroka Mountains. »In diesem Gebirge gibt es viele hohe Gipfel«, sagte Lean Elk, »mehr als die Finger, die du an beiden Händen hast. Und zwischen allen gibt es Passagen, selbst zwischen denen, die verschlossen zu sein scheinen.«

Er führte uns durch eine seltsame Schlucht. Die hoch aufragenden Felsen berührten sich fast über unseren Köpfen. Sie sperrten die Sonne aus und füllten die Welt mit dunklen Schatten. Kein Vogel sang hier und die einzigen Geräusche waren der Hufschlag unserer Ponys und das Rauschen des Flusses unter uns. Der Pfad wand sich zwischen Felsen hindurch. Er war so eng, dass ein einzelnes Pferd kaum genug Platz hatte. An manchen Stellen konnten wir erst vorankommen, nachdem unsere Späher überhängende Bäume abgeschlagen hatten.

Wieder schlüpften wir dem General durch die Finger. Wir überquerten den Fluss auf der anderen Seite der Absarokas und betraten das Land der Crows.

Looking Glass ritt voraus, um die Crows wissen zu lassen, dass unser Volk zu ihnen unterwegs war. Die Crows hatten immer friedfertig auf unserer Seite gegen die Sioux, die Bannocks und die listigen Assiniboin gestanden.

Endlich erreichten wir das Lager der Crows. Die Krieger aßen mit uns. Sie rauchten langstielige Pfeifen aus Eisenholz, in deren Köpfe das Gesicht ihres Häuptlings geschnitzt war, und sie behandelten uns als Freunde. Sie schenkten uns Kugeln, doch am Ende fürchteten sie die Rache der Weißen, die über sie kommen würde, und sie weigerten sich, uns zu helfen.

Mein Vater rief den Rat zusammen – alle Häuptlinge, die ihm raten konnten. Lean Elk mit seinem flammenden Blick, Ollokot, Looking Glass, White Bird, Too-hul-hulsote, Lone Bird, Yellow Bull und Antelope, Red Stone und Ferocious Bear versammelten sich zum Gespräch. Häuptling Joseph sah jeden Mann nacheinander an, wie er es bisher noch nie getan hatte.

»Jetzt sind alle Stämme Feinde. Jeder weiße Mann in diesem Gebiet ist bereits unser Feind«, sagte er. »Wir wurden gewarnt, damals in der Nacht, die dreizehn Schneezeiten zurückliegt, als der Prediger Chivington Black Kettles Dorf weit südlich bei Sand Creek überfallen hat. Mit weißen Soldaten ist er über das Lager hergefallen, ehe der Himmel sich hell gefärbt hatte. Er hat Köpfe zertrümmert, Hälse durchschnitten, Ohren abgerissen. Blut ist über die Erde und in den Fluss geflossen. In dieser Nacht haben die Stämme gelernt, die weißen Siedler zu hassen. Und jetzt…«

»Jetzt hassen wir uns selbst«, sagte Lean Elk durch die zusammengebissenen Zähne hindurch.

»Uns selbst!«, schrie der junge Gray Panther.

Yellow Bull, der Vater von Red Moccasin Tops, fuhr sich mit einem Finger quer über den Hals.

Ollokot sagte nichts.

Mein Vater fuhr fort. »Der einarmige General ist weit hinter uns. Aber der Klickklack hat überall Soldaten aufgestellt, die Ausschau nach uns halten. Sie kommen von allen Seiten. Wir sind in Gefahr.«

Dann stand Ferocious Bear auf und stand schweigend da. Seit dem Tag, an dem wir Wallowa verlassen und den Snake River überquert hatten, seit der Schlacht vom White Bird Canyon – von dieser Zeit an bis zu diesem Augenblick wusste niemand, was er dachte.

Aber mein Vater forderte den alten Mann freundlich auf: »Sprich!«

»Looking Glass hat uns viel gekostet«, sagte Ferocious Bear. »White Bird hatte gesagt: ›Geht nach Norden in das Old Lady's Country. Geht zu Sitting Bull.‹ Aber wir sind Looking Glass gefolgt und sind nach Süden gezogen. Wir haben viele Krieger verloren, viele Frauen, viele Kinder.«

Too-hul-hul-sote nickte mit seinem gewaltigen Schädel. »Ferocious Bear spricht starke Worte«, sagte er. »Looking Glass hat gesagt, die Crows würden an unserer Seite kämpfen. Aber die Crows werden uns nicht helfen. Sie sind nicht mehr unsere Brüder. Wir müssen nach Norden zu Sitting Bull ziehen.«

Looking Glass war zornig. Seine Augen blitzten wie sein Glas, wenn die Sonne darauf fiel. »Dann soll es so sein!«, sagte er.

Fünfzehn

Ferocious Bear und Too-hul-hul-sote hatten Recht. Nach drei Sonnen holten uns die Blaujacken ein. Wir zogen gerade über die weite Ebene. Unsere Späher sahen den Staub ihrer Pferde und winkten mit einer roten Decke, um uns zu warnen. Lean Elk befahl den Kriegern, ihre Ponys zusammenzutreiben und sich auf den Kampf vorzubereiten. Während die Krieger die weißen Soldaten erwarteten, flohen wir durch ein trockenes Bachbett in eine weite Schlucht.

Zwei Sonnen lang führte uns Häuptling Joseph die Schlucht hinauf. Der Pfad führte über von Buschwerk bedeckte Hügelwellen. Der Rand der Schlucht war felsig. Kein Baum wuchs dort. Blaujacken sahen wir nicht, sondern nur Kaninchen, Erdhörnchen und Murmeltiere.

Die Schatten waren schon lang, als Lean Elk und die Krieger zu uns kamen. Er war zornig und rief sofort den Rat zusammen. Häuptling Joseph unterbrach unseren Marsch und die Frauen schlugen das Lager auf, während die Häuptlinge sich versammelten.

Swan Necklace führte sein Pony an unser Feuer. Auf dem Pferderücken lag eine Antilope. Er häutete sie und schnitt Fleischstücke zum Braten zurecht. Frisches Fleisch hatten wir nicht mehr gehabt, seitdem wir die Absarokas erreicht hatten.

»Das ist ein bitterer Tag für uns«, sagte er, während er das blutige Messer an einem Grasbüschel abwischte.

»Sind viele getötet worden?«, fragte ich.

»Keiner. Drei sind verwundet, aber nicht sehr schwer.« Er grinste. »Die Büffelbüchse, die ich von der Ranch mitgenommen habe, schießt gut. Sie spricht so laut, dass die Blaujacken glauben, ich hätte eine Kanone.« Für ein paar Augenblicke schien sein Herz ganz leicht zu sein. »Die Blaujacken haben viele Männer verloren«, sagte er. »Sie kämpfen wie Frauen.«

Ich wunderte mich und fragte: »Wieso war es dann ein bitterer Tag?«

»Die Crows haben an der Seite der Blaujacken gekämpft«, sagte er und verzog angewidert den Mund. »Als ich sie sah, brannte mein Herz wie Feuer. Zwei Sonnen lang haben wir gegen die Crows gekämpft.«

Ich hielt den Atem an. Die Welt stand jetzt gegen uns. Wir konnten nicht endlos lange kämpfen.

Swan Necklace sah die Furcht in meinen Augen. Er legte mir die Hand unters Kinn und drehte mein Gesicht so, dass ich ihn ansehen musste. »Hab keine Angst«, sagte er. »Solange ich lebe, wird dir keine Blaujacke etwas antun können.«

Ich lächelte mit den Lippen, aber nicht mit dem Herzen.

Er lud den Rest der Antilope auf sein Pony und brachte das Fleisch an das Feuer von Two Moons.

Ehe der Morgenstern schimmerte, brachen wir auf.

Lean Elk trieb uns zur Eile an. Er sagte, wir hätten jetzt alle Stämme zu fürchten. Darum müssten wir so schnell wie möglich Old Lady's Country erreichen.

Wir verließen die Schlucht und zogen sechs Sonnen lang nach Norden. Von einer Dunkelheit bis zur nächsten trieb Lean Elk uns vorwärts. Die Sterne schienen über uns, wenn wir die Pferde bestiegen, und sie schienen auch, wenn wir wieder absaßen. Wir rasteten selten. Wir waren müde und unsere Ponys waren es auch.

Wenn wir unser Lager aufschlugen, funkelte der Frost auf der Prärie wie die Sonne auf einem See. Der Boden war noch hart, wenn die Sonne schon halbwegs den Himmel hinaufgestiegen war. Meinen Umhang aus Büffelfell packte ich jetzt nicht mehr ein. Wenn ich auf mein Pony gestiegen war, zog ich ihn um mich und um Bending Willow.

Zu essen hatten wir nicht mehr viel. Es blieb uns keine Zeit zum Jagen. Am Morgen, an dem wir auf eine Herde von Bergschafen trafen, hatten wir nur noch zwei Kuchen aus Camas-Wurzeln und einige Beeren in der Satteltasche meines Ponys. Die jungen Männer schlachteten ein paar Schafe, aber nicht genug, um unseren Hunger zu stillen. Jede Familie bekam nur ein kleines Stück Fleisch. Wir warteten bis zum Anbruch der Nacht, bevor wir es aßen. Solange die Sonne am Himmel stand, wollten wir keine Zeit mit dem Kochen vergeuden.

Hörner und Felle vergruben wir neben dem Weg. Es tat mir weh, dass ich zusehen musste, wie die schönen weichen Felle mit Erde bedeckt wurden, aber uns fehlte die Zeit, sie so zu bearbeiten, dass wir Kleider aus den Fellen und Trinkgefäße aus den Hörnern machen konnten.

Eines Tages begegneten wir einer Gruppe von Crows. Sie hatten gejagt und lagerten nun, um Büffelfleisch zu trocknen. Sie waren nicht mehr unsere Brüder, also nahmen wir ihnen ihre Pferde und ließen unsere erschöpften Ponys zurück. Mit frischen Pferden konnten wir schneller vorankommen.

Als die Sonne zum sechsten Mal aufgegangen war, kamen wir an einen großen Fluss. Auf dem anderen Ufer standen ein paar Häuser und daneben Kisten über Kisten mit Verpflegung für die Soldaten. An dieser Stelle war der Fluss zwar breit, aber nicht tief. Das Wasser war flach genug, dass wir auf unseren Pferden hinüberschwimmen konnten. Wir mussten nicht erst Boote bauen.

Einige unserer Krieger überquerten den Fluss zuerst. Sie riefen uns zu, ihnen zu folgen. Nur wenige weiße Männer waren dort und die wollten nicht kämpfen.

Unsere Verpflegung war fast aufgebraucht. Mein Vater verlangte von den Weißen etwas zu essen. Sie gaben ihm ein Stück Schinken und einen kleinen Beutel mit hartem Brot. Das war so wenig, dass es wertlos für uns war.

Die Augen meines Vaters wurden hart und zornig. Er führte uns an einen kleinen Bach und befahl uns, dort das Lager aufzuschlagen. Dann ging er mit den Kriegern davon. Bald darauf hörten wir die Gewehre sprechen und das Schießen setzte sich fort, bis der Himmel im Osten heller wurde.

Wenig später kamen die Krieger in das Lager geritten. Sie riefen uns zu, dass wir ihnen mit den Packpferden folgen sollten. Wir beeilten uns sehr und eilten zum Fluss zurück. Die weißen Männer waren geflohen. Die Krieger brachen die Kisten auf und wir beluden unsere Pferde.

Mehl und Zucker nahmen wir mit, Bohnen und Speck. Auch Kaffee. Wir nahmen auch Kochtöpfe mit. Es waren die Ersten, die wir seit unserem Aufbruch vom Big Hole gesehen hatten. Am Abend sollte es im Lager ein Festessen geben.

Nachdem wir die Pferde beladen hatten, verbrannten unsere Krieger, was von den Vorräten noch übrig war. Keine Blaujacke sollte etwas davon essen. Während wir nordwärts ritten, trug uns ein kalter Wind vom Fluss her den Brandgeruch nach.

Sechzehn

Der Boden war vereist und der Wind wehte heftig. Wir litten unter der Kälte. Alle verlangte es nach einer Rast. Die alten Leute sagten, nach so vielen Tagen im Sattel täten ihnen die Knochen weh. Sie wollten sich an einem warmen Feuer ausruhen. Die Frauen meinten, ihren Kindern fehle der Schlaf. Ihre Augen waren eingefallen, ihr Blick war trübe. Es herrschte keine Freude im Lager.

Lean Elk brach den Tagesmarsch früh ab. Wieder traten die Häuptlinge zusammen. Ihre Stimmen wurden laut.

»Wir müssen weiter«, sagte Lean Elk. »Wenn wir die Bear Paw Mountains überqueren, kommen wir ins Old Lady's Country. Noch drei Sonnen, dann sind wir bei Sitting Bull.«

»Wir sind müde«, entgegnete Looking Glass. »Die Alten können so schnell nicht weiterziehen. Die Kinder weinen vor Erschöpfung. Wir haben Bohnen und Mehl. Wir sind in Büffelland. Wir sollten langsam weiterziehen und unsere jungen Männer können dabei Büffel erlegen.«

White Bird stand auf. »Looking Glass spricht törichte Worte«, sagte er. »Solange wir dieses Land nicht verlassen haben, werden die Blaujacken uns jagen.«

Aber White Bird war der einzige der Männer, der sich an die Seite Lean Elks stellte.

Häuptling Joseph sah sich im Kreise um. Jedem einzelnen Häuptling blickte er tief in die Augen. Dann schaute er in sein Herz. »Ich fürchte um das Leben der alten Leute«, sagte er, »und ich fürchte für uns alle. Wenn wir zu schnell weiterziehen, werden unsere Ponys zu sehr angestrengt. Ihre Hufe sind wund. Einige hinken schon. Und wenn wir zu langsam weiterziehen, werden wir vielleicht von den Blaujacken eingeholt.«

»Mach dir wegen der Blaujacken keine Sorgen«, sagte Too-hul-hul-sote und die Handbewegung, mit der er die Luft durchschnitt, drückte seine Verachtung für die weißen Soldaten aus. »Sie sind mindestens zwei Tage hinter uns. Wir können langsam weiterziehen und doch vor ihnen bleiben.«

»Lean Elk ist nicht der richtige Anführer für uns«, sagte Looking Glass. Groß und stolz stand er da. Sein schwarzer Hut mit dem Otternfell ließ ihn über den sitzenden Männern hoch aufragen. »Ein guter Anführer erschöpft seine Leute nicht. Ein guter Anführer überanstrengt die Pferde nicht. Lean Elk sollte uns nicht länger führen!«

Lean Elk starrte Looking Glass feindselig an. Seine

Augen waren wie glühende Kohlen. »Also gut, Looking Glass«, sagte er. »Du kannst uns ja führen. Ich habe nur versucht das Volk zu retten. Übernimm du die Führung, aber ich glaube, wir werden gefangen und getötet.«

Er ging fort von den Häuptlingen und stand allein, eine stille Gestalt in der dichter werdenden Finsternis. Er schaute zu den fernen Bear Paw Mountains hinüber.

Looking Glass führte uns in kurzen Märschen auf den Stern zu, der sich niemals bewegt. Wir brachen nach dem Aufgang der Sonne auf und rasteten, ehe sie den Himmel wieder verließ. Das Volk murrte nicht mehr.

Nach vier Sonnen überquerten wir die Bear Paw Mountains und waren dem Land Sitting Bulls jetzt schon sehr nahe. Wir zogen durch ein ödes, baumloses Tal. Die langen Gräser waren braun gefroren und wogten im Wind.

Erst kurze Zeit waren wir geritten, als Swan Necklace von der Vorhut zurückkam. Er berichtete, dass die Späher einen Büffel erlegt hätten. Das Fleisch erwarte uns in einer kleinen Bucht am Bach. Die Sonne stand gerade über uns, als wir den Platz erreichten, an dem das Fleisch für uns bereitlag. Looking Glass sagte, wir wollten hier bis zum Morgen rasten.

Lean Elk verlangte, dass wir weiterziehen sollten. Der Platz sei zum Lagern nicht geeignet. Soldaten konnten von beiden Seiten über uns herfallen. Aber Looking Glass meinte, unsere Pferde brauchten mehr Ruhe und deshalb würden wir bleiben.

Er hatte einen sehr kalten Platz ausgewählt. Der Wind vom Old Lady's Country pfiff über das Land und verwandelte unsere Knochen in Eis. Tipis hatten wir nicht, weil wir alle Zeltstäbe am Big Hole zurückgelassen hatten. Die Kinder kuschelten sich in tiefe Mulden neben dem Bachlauf, während wir aus Büffelhäuten und Zeltleinwand Schutzdächer bauten.

Holz hatten wir nicht, aber viel Büffeldung lag auf dem Boden verstreut. Er brannte gut. Bald flackerten überall im Lager Feuer. Wir aßen gebratenen Büffel, bis wir nicht mehr konnten.

An den wärmenden Feuern sagten die Leute, was für ein guter Anführer Looking Glass doch sei. In weniger als zwei Sonnen würden wir sicher bei Sitting Bull sein. Looking Glass hatte Recht gehabt mit seinem Entschluss, nur langsam weiterzuziehen.

Es war eine klare, kalte Nacht. Der Wind wehte heftig und bewegte die Zweige der Büsche. Viele beschlossen, die Nacht in den vom Wasser gegrabenen Ausspülungen zu verbringen, die so tief waren, dass ein Mann aufrecht darin stehen konnte.

Swan Necklace ging mit mir am Bach entlang. Büffelhäute schützten uns gemeinsam vor der Kälte. Seinen Arm hatte er um meine Schultern gelegt.

»Du darfst nicht so traurig aussehen«, sagte er. »Bald sind wir in Sicherheit. Und dann wird mein Vater mit unserer Hochzeit einverstanden sein.«

»Falls du mit unserer Hochzeitsdecke fertig bist«, antwortete ich. Es kam mir seltsam vor, über anderes als die Blaujacken hinter uns zu reden.

»Das wird schon bald sein«, sagte er und zog mich an sich. »Ich werde im Old Lady's Country farbige Erde sammeln. Es wird eine wunderschöne Decke und unter ihr werden wir in unserem eigenen Tipi schlafen.«

Die Worte waren wie Honig in meinen Ohren, aber ich blieb unruhig. Ich fürchtete, Lean Elk könnte doch Recht behalten.

Ein unförmiger, rot gefleckter Mond stand tief am östlichen Himmel. Ich fragte mich, ob dieser hässliche Mond eine Warnung vom Großen Geist bedeutete. War es Blut, was ich im aufgehenden Mond sah?

In der Nacht lag ich wach und machte mir Gedanken wegen der Soldaten. Ich hörte, wie die Ponys sich bewegten. Sie waren unruhig. Ich war es auch und ich zitterte bei dem Gedanken daran, was uns der Morgen bringen mochte.

Siebzehn

Die Luft war kalt und schmeckte nach Schnee. Wolken sammelten sich am Himmel. Wir fingen an unsere Habe zu verpacken. Manche saßen noch an ihren Feuern. Sie kauten an dem Büffelfleisch, das vom gestrigen Festmahl noch übrig war. Bending Willow lag in den Armen von Deer Woman und bekam ihre Morgenmilch. Kinder spielten am Ufer mit Stöcken und Schlammkugeln.

Späher kamen ins Lager geritten; ihre Zöpfe flatterten hinter ihnen her. »Büffel!«, schrien sie. »Eine wild gewordene Büffelherde!«

Nur eines konnte die Büffel zu einer Stampede veranlasst haben. Blaujacken! Die Soldaten waren in der Nähe. Ich beeilte mich, doch die Finger wollten mir nicht gehorchen. Die Knoten in den Büffelhautstreifen, die das Schutzdach zusammenhielten, ließen sich nicht lösen.

»Kein Grund zur Eile!«, rief eine Stimme. Looking Glass kam vorübergeritten. Er ritt von einem Ende des Lagers zum anderen und wiederholte immer wieder: »Langsam, langsam! Wir haben viel Zeit!«

Ich arbeitete langsamer und meine Finger gehorchten mir wieder.

Wenig später hörte ich einen Schrei.

Er kam vom jungen Joseph auf der anderen Seite des Bachs. Er deutete auf eine Anhöhe hinter uns. Dort hob sich vom Morgenhimmel die Gestalt eines Kriegers auf einem gescheckten Pferd ab. Auf dem Kopf trug er einen Kriegsschmuck aus Adlerfedern. Es war ein Cheyenne, der nach den Blaujacken Ausschau hielt.

Der junge Joseph platschte durch das eiskalte Wasser. Mit klappernden Zähnen kam er aus dem Bach. Seine Mokassins hatte er verloren, er hatte nur ein Hemd an. Ich hüllte ihn in ein Kleid aus Büffelleder, was ihn sehr verlegen machte.

Das Geräusch galoppierender Pferde wurde lauter. Alle Blaujacken der Welt mussten auf der anderen Seite des Hügels sein. Ich hob den Blick und sah, wie die Soldaten zu uns herabgeritten kamen: Blaujacken auf Pferden, die in zwei breiten Flügeln unser Lager umschlossen. Späher der Cheyenne führten sie.

Menschen liefen in alle Richtungen.

Mein Vater rannte auf die Herde zu. »Die Pferde!«, rief er. »Rettet die Pferde!«

Krieger griffen nach ihren Gewehren und nahmen Deckung in Bodenvertiefungen und hinter Steinen. Hufschlag und Gewehrfeuer machten es schwierig, noch etwas anderes zu hören.

Durch die Reihen der Blaujacken jagten unsere Pferde mit weiten Nüstern und wehenden Mähnen. Mein Vater ritt mit ihnen. Er hatte kein Gewehr bei sich, keinen Bogen. Weiße Soldaten waren rechts und links von ihm. Mir stockte der Atem. In rasender Geschwindigkeit erreichte er uns und sprang vom Pferd, von dessen Flanke Blut tropfte. Aber es war nicht das Blut meines Vaters.

Häuptling Joseph packte ein vorüberjagendes Pony, gab mir die Zügel und sagte: »Flieh, Tochter! Reite nach Norden zu Sitting Bull!«

Dann lief er los, um anderen zu helfen.

Mit den Zügeln in der Hand stand ich da. Kugeln pfiffen an mir vorbei. Ich hielt Ausschau nach Deer Woman, aber sie war nicht da. Ich schaute in den Graben. Der junge Joseph hockte darin. Neben ihm kauerte eine hochschwangere Frau.

Ich winkte ihnen herauszukommen. »Los!«, sagte ich. »Reitet zu Sitting Bull!«

Der junge Joseph half der Frau auf das Pferd und setzte sich hinter sie. Ich versetzte dem Pony einen heftigen Schlag und es stürmte davon.

Ich sah viele Leute, die Pferde einfingen und fortritten. Eine Frau ritt auf einem grauen Pferd vorüber. Ein Cheyenne jagte mit hämmernden Hufen heran und packte ihren Zügel. Dann feuerte er seine Waffe ab. Die Kugel traf die Frau in den Rücken. Sie stürzte zu Boden.

Inmitten eines wahren Kugelhagels wieherten und starben Pferde. Ich sah mich nach einem anderen Pony um, aber die Pferde waren nicht mehr da.

Ich saß in der Falle.

Ich sprang in den Graben. Kugeln zischten über meinen Kopf hinweg. Hinausschauen konnte ich nicht und ich hoffte nur noch, dass Bending Willow und Deer Woman in Sicherheit waren.

Kriegsgeschrei und Gewehrfeuer klangen über mir durcheinander. Die Kriegsrufe unserer Krieger vermischten sich mit dem Stimmengewirr der weißen Soldaten. Dann entfernte sich das Kampfgetümmel.

Ein Krieger rollte über den Rand zu mir in den Graben und fiel in den Schmutz. Es war Swan Necklace. Blut floss ihm über den linken Arm. In jeder Hand hielt er ein Gewehr.

»Sorge dafür, dass sie immer geladen sind«, sagte er und warf mir ein Gewehr und einen Beutel mit Kugeln zu. »Wir haben die Blaujacken aus unserem Lager verdrängt. Und jetzt werden wir bis zum Tode kämpfen.«

Den ganzen Tag kämpften wir und konnten den Graben nicht verlassen. Blaujacken feuerten hinter Felsen hervor. Manche lagen hinter ihren toten Pferden und stützten ihre Gewehre darauf. Wir waren viel zu sehr beschäftigt, um miteinander zu reden, aber unsere Augen sprachen für uns.

Als es dunkelte, ließ das Feuer nach. Hin und wieder bellte noch ein einzelnes Gewehr auf. Nach Sonnenuntergang wurde die Luft kälter. Einige von uns waren in Felle gehüllt, aber die Krieger waren fast nackt, wie sie es im Kampf gewohnt waren. Sie hatten keine Leggins an und keine Hemden, manche trugen auch keine Mokassins. Jetzt zitterten sie in ihrem Lendenschurz vor Kälte.

Schnee legte sich leise über das Land. In der dichter

werdenden Dämmerung spähte ich über den Grabenrand hinaus und sah, dass Leichen über die Ebene verstreut waren. Kinder weinten vor Kälte, vor Angst und Schmerzen.

Hier und da krochen Menschen über den Boden. Ganz dicht drückten sie sich an die Erde, um nicht von den Soldaten gesehen zu werden. Krieger kamen aus Erdlöchern und hinter Felsen hervor. Sie brachten Neuigkeiten mit, aber es waren keine guten Nachrichten.

Viele waren tot. Drei unserer Toten waren Frauen, der Rest Krieger. Einige unserer größten Krieger würden niemals mehr kämpfen. Der tapfere Ollokot, mein Onkel, war tot. Er hatte hinter einem Felsen gestanden und viele Blaujacken erschossen. Aber als er sich einmal zum Schießen aufrichtete, traf ihn eine Kugel mitten in die Stirn. Too-hul-hul-sote war auch tot. Seine Leiche lag dicht vor den Blaujacken auf dem flachen Feld, deshalb konnten wir sie nicht bergen. Lone Bird war tot. Lean Elk war tot. Der Tod dieser letzten beiden war besonders bitter, denn die Kugeln, die sie getötet hatten, waren nicht von den Blaujacken gekommen, sondern von unseren eigenen Kriegern, die sie irrtümlich für Späher der Cheyenne gehalten hatten.

Wir begruben unsere Toten, soweit wir sie erreichen konnten. Wie wir es schon im Big Hole getan hatten, hoben wir kleine Gräber in der Uferböschung aus. Für eine richtige Beerdigung blieb uns keine Zeit. Wir schoben die Toten in die Gruben und bedeckten sie mit Erde.

Wir hatten noch genug getrockneten Büffeldung, zündeten aber keine Feuer mehr an. Das Licht hätte den Blaujacken ein gutes Ziel geboten. Wir teilten uns das kalte Büffelfleisch und aßen Kuchen aus Camas-Wurzeln dazu. Wie die meisten anderen Frauen aß ich nichts. Wir gaben erst den Kindern, dann den Kriegern zu essen.

Den ganzen Tag hatten wir ohne Wasser auskommen müssen. Immer zu zweit krochen wir zum Fluss. Wir banden Gefäße aus Büffelhorn an Büffelsehnen und ließen sie ins Wasser. Als ich an der Reihe war, trank ich gierig das eisige Wasser. Für meine ausgedörrte Kehle war es süßer als Honig.

In der Nacht schlief niemand. Mit Camas-Haken und Messern hoben wir tiefe Gräben aus, um unsere Leute darin zu schützen. An den Rändern der Gräben legten wir kleine Schießscharten für unsere Krieger an. Mit Pfannen warfen wir die Erde hinaus. Und während ich mit meinem Camas-Haken eifrig grub, fragte ich mich, ob wir jemals in Sicherheit sein würden.

Achtzehn

Der Morgen kam, doch die Sonne verbarg ihr Gesicht. Der kalte Wind war schwer von fallendem Schnee. Zwischen unserem Lager und den Soldaten lag der Schnee so tief, dass ich die Leichen nicht mehr erkennen konnte, die auf dem gefrorenen Boden verstreut lagen.

Im ersten Morgenlicht wurde wieder geschossen. Bald war die Luft erfüllt vom Rauch der Gewehre und ich konnte die fallenden Schneeflocken nicht mehr sehen. Durch den Nebel sah ich nur noch das Mündungsfeuer der Gewehre.

Während die Krieger kämpften, gruben wir an diesem Tag mit Messern und Camas-Haken Tunnel in die feuchte Erde. Als es wieder dunkel wurde, konnten wir auf den Bäuchen von einer Grube zur anderen kriechen.

Ich kroch durch die Tunnel, bis ich endlich Deer Woman fand. Sie und Bending Willow waren in Sicherheit. Ich wiegte Bending Willow in den Armen und drückte sie fest an mich. Sie schwenkte ihre kleinen Fäuste und prustete vor Lachen. Seit vier Monden war meine Schwester jetzt auf dieser Erde. Mir kam der Gedanke, dass sie einen fünften Mond vielleicht nicht mehr erleben würde.

Ich gab Deer Woman das Büffelfleisch, das ich nicht gegessen hatte. Sie brauchte etwas zu essen, wenn sie genug Milch für meine Schwester haben sollte.

In der Nacht blieb ich bei Deer Woman und Bending Willow. Wir saßen mit den Rücken gegen die Erdwand gelehnt, unsere Herzen waren schwer und wir sprachen kaum miteinander.

Für kurze Zeit schlief ich, aber meistens dachte ich an unser schönes Tal, an den blauen Teich und die Wandernden Wasser, an die Berggipfel und die schützenden Täler, die hohen Bäume und die grünen Wiesen. Ich fürchtete, dass ich dies alles niemals wieder sehen würde.

Als es hell wurde, flammte die Schlacht wieder auf. Diejenigen, die entkommen waren, mussten inzwischen Sitting Bull erreicht haben. Von Tunnel zu Tunnel wurde die Meinung verbreitet, er würde uns bestimmt eine Gruppe von Siouxkriegern zu Hilfe schicken. Wenn nicht bald Hilfe kam, würden wir besiegt werden. Unsere Krieger achteten darauf, nur dann zu schießen, wenn sie eine unvorsichtige Blaujacke sahen, aber ihre Kugeln würden dennoch nicht ewig reichen.

Das Gewehrfeuer der weißen Soldaten flaute ab. Der Kampf wurde zu einer Schlacht der Scharfschützen. Aber die große Kanone der Weißen dröhnte den ganzen Tag. Sie schleuderte berstende Geschosse in die Luft. Wir spannten Büffelfelle über unsere Köpfe, um die herabfallenden Erdbrocken und Metallsplitter abzuhalten.

Irgendwann nach Mittag verstummte auch die Kanone. Eine große Stille breitete sich über der Ebene aus.

Ich hörte Rufe und stieg auf einen Stapel Büffelfelle, um über den Grabenrand spähen zu können. Es schneite nicht mehr und ich konnte weit sehen. Das Herz schlug mir im Hals. Eine weiße Fahne wurde über der Stellung der Blaujacken geschwenkt. Das war das Zeichen für einen Waffenstillstand.

Eine Stimme rief: »Colonel Miles möchte Joseph sprechen!«

Mein Vater traute den Soldaten nicht. Er schickte Tom Hill, einen Ne-mee-poo, der mit den Worten des weißen Mannes sprechen konnte, um mit den Blaujacken zu reden.

Ehe die Sonne noch ein sichtbares Stück zurückgelegt hatte, rief Tom Hill meinen Vater. Der Colonel wollte ihn in der Mitte zwischen den beiden feindlichen Lagern treffen.

Mein Vater verließ seinen Platz an der Schießscharte. Mit zwei Kriegern ging er auf das Lager der Soldaten zu. Einige Blaujacken kamen ihm entgegen. General Howard war nicht unter ihnen. Einer der Offiziere hatte silberne Vögel auf den Schultern. Das war Colonel Miles. Tom Hill ging neben ihm.

Sie trafen sich mitten auf dem Feld. Häuptling Joseph legte sein Gewehr ab und auch die Krieger legten ihre Waffen zu Boden. Dann sprachen sie einige Zeit mit den Blaujacken. Mit großen Armbewegungen deutete der Colonel erst auf unser Lager und dann hinter sich. Mein Vater schüttelte den Kopf und machte das Handzeichen, das »niemals« bedeutete.

Dann drehte er sich um und ging wieder auf seinen Platz an der Schießscharte zu. Der weiße Offizier zog einen Revolver aus dem Gürtel. Die anderen Blaujacken packten meinen Vater und drehten ihm die Arme auf den Rücken. Dann schoben sie ihn vor sich her auf das Lager der Soldaten zu.

Zorn stieg in mir auf. Wieder hatten die Blaujacken einen Vertrag gebrochen. Mein Vater hatte ihnen zu sehr vertraut und nun war er ihr Gefangener.

Dann geschah etwas sehr Merkwürdiges. Ein weißer Offizier kam in unser Lager geritten. Es war nicht zu begreifen, warum er das tat.

Yellow Bull handelte schnell. Als der Offizier an ihm vorbeiritt, packte er mit der einen Hand den Zügel und riss den Offizier mit der anderen vom Pferd. Unsere Krieger umringten ihn und stießen ihn in die Grube, in der ich stand.

Die Krieger kamen ihm nachgesprungen.

»Tötet ihn!«, schrie Two Moons. Er zog sein Messer aus dem Gürtel und trat einen Schritt auf den Offizier zu.

»Ja, tötet den Soldaten, der Krieg gegen Frauen und Kinder führt!«, rief Swan Necklace aus.

»Tötet einen Offizier, der die weiße Flagge schändet!«, sagte Ferocious Bear.

Die Krieger drangen dichter auf den Mann ein. Sein Rücken war gegen die Erdwand gedrückt, aber er senkte die Augen nicht, sondern sah Two Moons mit ruhigem Blick an.

Yellow Bull trat zwischen sie. »Wartet!«, sagte er.

White Bird kam durch den Tunnel, blieb stehen und streckte die Hand aus. »Ihr seid Kinder!«, sagte er. »Tut diesem Mann nichts! Solange er lebt, ist auch Joseph sicher. Wenn er stirbt, werden die Blaujacken Joseph töten.«

Tom Hill, der zu uns zurückgekehrt war, kam aus einem der Schützenlöcher. Er sprach lange mit dem Offizier und tauschte die Worte dann so um, dass wir sie verstehen konnten.

Der Offizier hieß Lieutenant Jerome. Er war gekommen, um zu fragen, ob wir uns ergeben wollten.

White Bird lachte, doch es war ein trockenes Lachen ohne alle Fröhlichkeit. »Diese Blaujacke ist auch ein Kind«, sagte er. »Lasst ihn hier in der Grube bleiben. Yellow Bull wird ihn bewachen. Sound of Running Feet wird dafür sorgen, dass er essen und trinken kann, und sie wird ihm ein Büffelfell geben, damit er es warm hat. Ich will es so!«

Der alte Häuptling zog sich durch den Tunnel zurück und arbeitete sich wieder an seinen Platz auf dem Kampffeld vor. Two Moons winkte Swan Necklace und kroch mit ihm in den Tunnel. Ehe er ging, wandte sich Swan Necklace mir zu und legte zum Zeichen der Liebe die Hand auf sein Herz.

Der Soldat verbrachte die Nacht in warme Büffelfelldecken gewickelt. Er schlief fest, aber Yellow Bull und ich fanden keinen Schlaf.

Nachdem der Soldat aufgewacht war, wusch er sich Hände und Gesicht im Wasser, das ich aus dem Bach herangeschafft hatte. Er trank zwei Büffelhörner Wasser und aß kaltes Büffelfleisch und kalten Brei, während Yellow Bull und ich ihm zuschauten. Er ging hin und her, hin und her. Yellow Bull saß am Boden, hielt sein Gewehr zwischen den Knien und ließ den Mann nicht aus den Augen. Der Soldat hatte keine Chance zu entfliehen, doch er zeigte keine Furcht.

Der Soldat Jerome zog ein Stück weißes Papier aus der Tasche, nahm einen Bleistift und schrieb viele Zeichen auf das Papier. Dann verlangte er nach Tom Hill.

Als der zu unserem Erdloch kam, sprach der Soldat die Zeichen aus, die er aufgeschrieben hatte. Tom Hill sagte uns, was die Zeichen zu bedeuten hatten. Sie sagten, der Soldat habe gutes Essen bekommen und ein warmes Lager und er sei gut behandelt worden. Er hoffe, dass die Blaujacken Häuptling Joseph ebenso behandelten.

White Bird schickte Tom Hill mit dem sprechenden Papier zu den Blaujacken. Der kam schon bald zurück und brachte ein sprechendes Papier für den Soldaten mit. Er sagte, dass der weiße Colonel meinen Vater zurückschicken würde, wenn wir den Soldaten Jerome freiließen.

»Nein«, sagte White Bird. »Die Blaujacken haben uns schon oft genug getäuscht. Das soll nicht noch einmal geschehen. Wenn der Colonel die Wahrheit sagt, dann soll er Häuptling Joseph zu dem Fleck bringen, an dem wir uns schon einmal getroffen haben. Und wir bringen den Soldaten Jerome an dieselbe Stelle.«

Tom Hill sagte dieselben Worte so, dass der Soldat sie verstehen konnte, der verwandelte sie wieder in Zeichen auf dem Papier, das Tom Hill dann zu dem weißen Colonel trug.

Der Soldat sah zu, wie Tom Hill das Lager der Weißen betrat. Wir warteten. Bald trat mein Vater auf die freie Ebene. Zu beiden Seiten gingen weiße Offiziere.

Yellow Bull gab dem Soldaten Jerome ein Zeichen, aus unserer Grube zu steigen. White Bird und Looking Glass erwarteten ihn. Two Moons und Ferocious Bear kamen hinzu. Gemeinsam gingen sie den Blaujacken entgegen.

Der Soldat Jerome schüttelte meinem Vater die Hand. Dann tauschten sie die Plätze. Unsere Häuptlinge und Krieger brachten meinen Vater in unser Lager zurück. Die Blaujacken zogen ihre weiße Fahne ein und das Schießen ging wieder los.

Neunzehn

Unsere Krieger kämpften den ganzen Rest des Tages und auch noch am nächsten und sie kämpften mit neuer Wut. Häuptling Joseph war nicht wie ein geachteter Gefangener behandelt worden. Man hatte ihm die Hände auf dem Rücken zusammengebunden und sie dann an die Füße gefesselt. Wie ein kleines Kind hatten sie ihn in eine Decke gewickelt. Die weißen Soldaten schliefen in einem Zelt, aber mein Vater lag die ganze Nacht ohne Nahrung und Wasser bei den Maultieren. Losgebunden hatte man ihn erst, nachdem das sprechende Papier des Soldaten Jerome angekommen war.

Zwei Sonnen kamen und gingen. Seit dem ersten Tag des Kampfes hatten wir niemanden mehr verloren, aber es gab kaum noch etwas zu essen. Bald würden selbst die Kinder hungern müssen. Wir froren und waren vom Schnee durchnässt. Der grausame Wind drang uns bis auf die Knochen. Die Kinder weinten. Die Frauen und die alten Männer sagten nichts, aber ihre Augen waren voller Schmerz.

Die dritte Sonne brachte uns eine traurige Zeit. Es begann damit, dass wir im Morgengrauen feststellten, dass im Laufe der Nacht weitere weiße Soldaten eingetroffen waren. Der einarmige General war zu Colonel Miles gestoßen. Eine Armee von Blaujacken würde sich bald über das ganze Land ausbreiten.

Als an diesem Morgen das Schießen begann, fielen auch die ersten schweren Kanonenkugeln zwischen uns. In der Nacht hatten die weißen Soldaten eine Stellung für ihre Kanone gebaut, die dafür sorgte, dass ihre Geschosse nicht mehr an den Aufschüttungen über den Schützenlöchern hängen blieben.

Das war wieder eine schändliche Tat. Der Soldat Jerome war bei uns gewesen. Er wusste, dass es in unseren Schutzgruben keine Krieger gab. Wieder wurde Krieg gegen die Hilflosen geführt.

Kanonenkugeln fielen zwischen Frauen und Kinder, Greise und Verwundete. Eine von ihnen bedeckte sechs unserer Leute mit Erde. Wir arbeiteten schnell und schaufelten die erstickende Erde mit Händen, Hüten und Töpfen beiseite. Ich zog einen kleinen Jungen unter der Erde hervor. Augen, Ohren und Mund waren voll gestopft. Er rang keuchend nach Luft, aber er war gerettet. Andere konnten drei Frauen bergen. Aber eine alte Frau und ihre Enkelin konnten wir nicht erreichen. Es lag zu viel Erde über ihnen. Sie bekamen keine Luft mehr und erstickten.

Mein Vater sagte, wir seien besiegt und es sei an der Zeit, sich zu ergeben.

Nicht alle stimmten ihm zu. Einige Krieger wollten die Blaujacken angreifen, die doch sowieso schlechte Kämpfer seien. Vielleicht könnten wir sie verjagen und dann die Möglichkeit haben, zu Sitting Bull zu kommen. Sie waren bereit, für uns andere zu sterben.

Mein Vater sagte Nein. Gegen die Kanone könnten wir nicht kämpfen und die Soldaten seien zu zahlreich. Alle unsere Krieger würden sterben und die Frauen, die Kinder und die Alten wären dann der Gnade der Blaujacken ausgeliefert. Er erinnerte daran, was mit den Frauen und Kindern am Big Hole geschehen war. Es war besser, nach Lapwai zurückzukehren und in der Reservation zu leben. Looking Glass sagte, er werde sich niemals ergeben. Er sah meinen Vater an. »Ich bin älter als du«, sagte er. »Ich weiß, dass die weißen Generale Männer mit zwei Gesichtern und zwei Zungen sind. Wenn ihr euch ergebt, wird es euch Leid tun. Der Tod wäre besser.«

White Bird hob die Hand. »Looking Glass spricht die Wahrheit«, sagte er. »Ergib dich, wenn du willst. Wir werden dich nicht aufhalten, aber wir werden die nehmen, die lieber sterben wollen als sich ergeben, und zum Old Lady's Country aufbrechen.«

Der Rat löste sich auf. Aber die Traurigkeit war noch nicht vorüber. Ein Reiter tauchte in der Ferne auf. Looking Glass hielt ihn für einen Späher der Sioux, einer der Stämme, die zu Sitting Bull gehörten. Er stieg aus seinem Schützenloch, um besser sehen zu können. Eine Kugel traf ihn in den Kopf und er fiel lautlos zu Boden.

Wir hatten einen weiteren Häuptling verloren. Jetzt blieben nur noch mein Vater und White Bird als unsere Anführer. Aber mein Vater war kein Kriegshäuptling und White Bird war alt.

Unter einer weißen Fahne ritt mein Vater über das flache Land zum Lager der Blaujacken hinüber. Der Tag war grau und mein Vater war in eine graue Decke gehüllt. Den Kopf hielt er gesenkt, sein Gewehr lag quer über seinem Sattel. Müde stieg er vom Pferd und ging auf Colonel Miles zu.

»Lasst uns mit dem Kämpfen aufhören«, sagte Colonel Miles. »Keine Schlachten mehr, kein Blutvergießen.«

Der einarmige General stand neben ihm. Eiskristalle hingen in seinem Bart. »Der Krieg ist vorbei«, sagte er. »Ich habe Brüder verloren. Viele von euch haben Brüder verloren. Macht euch keine Sorgen mehr. Es ist Zeit aufzuhören.«

Selbst mit gesenktem Kopf überragte mein Vater General Howard. Er raffte seine Decke fester um sich zusammen, nickte und sagte kein Wort.

Colonel Miles fuhr fort, er habe genug Lebensmittel und warme Decken für uns. Er versprach unser Volk für den Winter in ein nahe gelegenes Lager zu führen. Danach könnten wir alle in unsere alte Heimat zurückkehren.

Der einarmige General sah zu, wie mein Vater und Colonel Miles sich die Hände gaben. Dann ging mein Vater zu seinem Pony zurück und nahm sein Gewehr.

General Howard streckte die Hand danach aus.

Häuptling Joseph zog die Hand zurück, die das Gewehr hielt. Sehr aufrecht stand er jetzt da und schaute auf den einarmigen General hinab. »Dir ergebe ich mich nicht«, sagte er. Dann deutete er auf Colonel Miles. »Das ist der Mann, der mich bezwungen hat.«

Mit dem Kolben voran gab mein Vater dem Colonel die Waffe. Dann trat er zurück.

»Ich bin des Kämpfens müde«, sagte er. »Unsere Häuptlinge sind gefallen. Looking Glass ist tot. Alle alten Männer sind tot. Der Anführer der jungen Männer ist tot. Es ist kalt und wir haben keine Decken. Die kleinen Kinder erfrieren. Manche von meinem Volk sind ohne Decken und ohne Nahrung in die Hügel geflohen. Niemand weiß, wo sie sind. Vielleicht bringt die Kälte sie um. Ich möchte nach meinen Kindern suchen und sehen, wie viele von ihnen ich noch finden kann. Vielleicht finde ich sie nur noch unter den Toten.«

Er hob den Arm. Der Umhang flatterte im rauen Wind. »Hört mich an, meine Häuptlinge!«, rief er. »Ich bin müde. Mein Herz ist krank und schwer. Von nun an, wo die Sonne jetzt steht, werde ich niemals mehr kämpfen.« Zum Zeichen der Trauer zog er sich die Decke über den Kopf. Einer nach dem anderen traten die Krieger aus ihren Deckungen und gingen über die freie Fläche, um vor den Generalen ihre Gewehre auf den Boden zu legen.

Aus den Schutzgruben kamen die Frauen mit ihren Kindern, gefolgt von den Alten. Verwundete Krieger krochen aus den Erdlöchern. Einige stützten sich auf Frauen und alte Männer, andere bewegten sich auf allen vieren vorwärts. Langsam zog die lange Menschenschlange über die Ebene und den Hügel hinauf.

Mein Herz war voll Trauer. Ich konnte nicht mit ihnen gehen, obwohl ich sah, dass Deer Woman sich den Hang hinaufmühte, meine Schwester Bending Willow auf ihren Rücken gebunden. Ich konnte es nicht.

Zwanzig

Das Licht verblasste und die Dunkelheit brach an, als ich wieder in der Grube kauerte. Die Blaujacken verbanden die Wunden unserer Krieger und ließen uns unsere Toten begraben. Sie verteilten auch Nahrung und Decken. Rauch stieg von den Kochfeuern auf.

Bei dem Geruch floss mir das Wasser im Munde zusammen. Seit drei Tagen hatte ich nichts mehr gegessen. Hungrig und frierend saß ich da, den Rücken gegen die Erdwand gelehnt, und schloss die Augen.

Während mein Vater mit den Generalen gesprochen hatte, war White Bird mit einer großen Gruppe unseres Volkes aus dem Lager davongeschlichen und nordwärts gezogen. Jetzt waren sie schon weit fort.

Ich muss allein zum Old Lady's Country aufbrechen, sagte ich mir. Aber ich wollte warten, bis im Lager alle schliefen. Es wurde Nacht. Die Stimmen verstummten. Bald war alles still. Ein Pferd schnaubte, ein Mann hustete, ein Baby schrie. Sonst nichts. Ich wartete noch immer.

Ich wartete, bis die Sterne am Himmel um eine Handbreit weitergezogen waren. Dann wickelte ich einen Topf, ein Messer und ein Büffelhorn für Wasser in meine Hochzeitsdecke und kroch bis zu dem Erdloch, das am weitesten vom Lager entfernt war.

Als ich über den Boden kroch, berührte meine Hand etwas Hartes und Kaltes. Ich strich mit den Fingern darüber. Es war ein Gewehr. Ich steckte den Lauf unter den Knoten meines Bündels und kletterte aus dem Erdloch.

Der Schein der Wachfeuer bezeichnete die Grenzen unseres Lagers. Ich kroch bis zum Bach, zwängte mich durch das Buschwerk und ließ mich abwärts gleiten. Leise wie eine Schlange im Fluss glitt ich die Böschung hinab zum Wasser.

Ehe ich mich aufrichten konnte, legte sich eine starke Hand über meinen Mund. Eine andere Hand packte meinen Arm. »Still!«, wisperte eine raue Stimme.

Die Angst durchfuhr mich. Ich rührte mich nicht.

Die Hände lockerten ihren Griff. »Gehst du denn nicht mit Häuptling Joseph?«, fragte eine Stimme jetzt freundlicher.

Ich versuchte die Dunkelheit mit den Augen zu durchdringen. Es war Swan Necklace. Er hatte sich nicht mit den Kriegern ergeben. Plötzlich war eine große Freude in mir. »Ich gehe zu Sitting Bull«, antwortete ich. »Niemals werde ich mit dem weißen Mann gehen!«

»Dann lass uns aufbrechen«, sagte Swan Necklace. »Es ist immer noch besser miteinander zu sterben, als den Menschen zu trauen, die mit gespaltener Zunge reden.«

Wir folgten dem Bachlauf, bis er sich wieder zum Lager zurückwandte. Dann stiegen wir die Böschung hinauf und gingen auf den Stern zu, der sich niemals bewegt.

Schnee bedeckte die Erde. Swan Necklace war noch für den Kampf gekleidet. Er hatte keine Mokassins. Ich öffnete mein Bündel und schnitt einen Streifen Büffelfell von meinem Umhang. Swan Necklace wickelte seine Füße in den weichen Pelz und zog sich unsere Hochzeitsdecke um die Schultern. Er trug unsere Gewehre, ich alles andere.

Wir gingen weiter, bis ein schmaler Himmelsstreifen heller wurde. Meine Mokassins waren abgewetzt und meine Füße schmerzten vor Kälte. Swan Necklace klagte nicht, doch seine Beine waren nackt.

Er suchte uns eine windgeschützte Stelle. Während er im Hang eine flache Grube aushob, sah ich mich nach Büffeldung um. Er war von Schnee bedeckt und schwer zu finden, aber ich konnte doch genug für ein kleines Feuer sammeln.

Wir rieben einander die Füße, um sie zu wärmen, dann kauerten wir uns unter die Decke. Die Wärme des Feuers drang in uns und ich schlief, bis die Sonne schon hoch am Himmel stand.

Ich wurde davon wach, dass Swan Necklace mich mit den Fingern berührte. Er streichelte meine Wange und ich schlug die Augen auf. »Wach auf, meine Liebste«, sagte er leise. »Wir müssen weiter!«

Zum ersten Mal, seitdem unser Volk über die Bear Paw Mountains gekommen war, hatten wir wirklich gut geschlafen. Ich rieb mir das Gesicht mit Schnee ab, um richtig wach zu werden. Zu essen hatten wir nichts. Ich schnitt das Elchfell ab, mit dem der Saum meines Rockes besetzt war, und wir kauten auf kleinen Streifen davon, während wir weiterzogen. Damit ließen sich unsere Mägen für einige Zeit täuschen.

Der Marsch war beschwerlich. Kalter Wind blies vom Old Lady's Country her. Wir mussten uns kräftig gegen ihn stemmen. Seine eisigen Finger griffen unter unsere Kleidung und ließen uns schaudern.

Als es schon fast dämmerte, entdeckte Swan Necklace eine Antilope, die unter dem Schnee nach Gras suchte. Er zielte sorgfältig. Der Schuss dröhnte in der kalten Luft und die Antilope fiel tot zu Boden.

Wir liefen zu ihr. Das Blut des Tieres breitete sich wie eine rote Insel im Schnee aus. Swan Necklace kniete nieder und ging daran, die Antilope zu häuten. Ich zog mein Messer, um ihm dabei zu helfen.

Plötzlich kam eine Gruppe von Jägern über den Hügel geritten. Sie galoppierten auf uns zu. Der Schnee dämpfte den Hufschlag ihrer Pferde, doch das Knarren ihrer Steigbügel war laut genug in meinen Ohren. An ihren Fellsätteln erkannte ich, dass es sich um Assiniboin handelte.

Mein Herz schlug wie ein Waldspecht, der einen Baumstamm bearbeitet. Die Assiniboin waren ein gefürchteter Stamm und führten viele Kriege. Noch nie waren sie unsere Freunde gewesen. Würden sie den Blaujacken helfen, wie es die Crows, die Cheyenne und die Flatheads getan hatten?

Neben uns zügelten sie ihre Pferde. Es waren fünf Reiter, die fünf zusätzliche Pferde bei sich hatten. Sie hatten wohl eine lange Jagd hinter sich. Zwei der Pferde waren mit Fleisch und Fellen beladen.

Ihr Anführer hob grüßend den Arm. Er hatte schon so

viele Schneezeiten wie mein Vater auf dieser Erde gelebt. In seine Zöpfe hatte er weißes Hermelinfell geflochten. Seine Mokassins waren aus weichem Elchleder und unter seinem Sattel lag eine schöne Decke aus roter Wolle und Otternfell. Es war eine Häuptlingsdecke. Quer über seinem Sattel lag eine alte Muskete, wie auch die meisten unserer Krieger sie benutzt hatten, bis wir auf den Schlachtfeldern Gewehre aufgelesen hatten.

Die anderen vier Männer hatten keine Gewehre. Sie trugen Bogen bei sich, die aus den Hörnern von Bergschafen geformt waren. Die mussten sie wohl von anderen Stämmen eingetauscht haben, denn nur die Ne-mee-poo schnitzten solche Bogen.

Der Häuptling gab uns durch Zeichen zu verstehen, dass alle Stämme Brüder seien. Er deutete auf seine Brust und erklärte, sein Name sei Red Elk.

Wir gaben uns ebenfalls als Freunde zu erkennen und nannten unsere Namen. Dann erklärten wir, dass wir auf der Flucht vor den Blaujacken seien und zu Sitting Bull wollten.

Red Elk nickte. Er sprach einige Worte unserer Sprache. Mit Handzeichen und Wörtern erzählte er uns, dass die Jäger zu einem nahe gelegenen Dorf der Assiniboin unterwegs seien. Wenn wir uns ihnen anschließen wollten, seien wir willkommen.

Seine Worte klangen gut, doch ich traute ihm nicht. Als Red Elk unsere Gewehre sah, die einst weißen Soldaten gehört hatten, glänzten seine Augen und seine Blicke folgten ihnen auch, als wir sie über unsere Sättel legten. Auf dem ganzen Weg bis zum Dorf der Assiniboin ließ er unsere Gewehre nicht aus den Augen.

Einundzwanzig

Red Elk ritt in das Dorf ein. Tipis drängten sich an einem Fluss. Jenseits der Tipis war eine Ponyherde angepflockt. Frauen, Kinder und alte Männer riefen Grußworte. Sie kamen näher, um das Fleisch zu begutachten und um uns anzusehen. Sie betrachteten uns streng und prüfend.

Ein Kind tippte neugierig an Swan Necklaces ungewöhnliche Fußbekleidung. Eine Frau betastete meinen Rock aus Elchleder. Das Leder war schneeweiß und ich hatte viele Sonnen damit verbracht, es mit blauen Federn zu schmücken. Sie rieb das Leder zwischen den Fingern und runzelte die Stirn, als sie den zerfransten Saum sah. Ich war froh, dass ich den Besatz abgerissen hatte, um unseren Hunger zu stillen. Wahrscheinlich rettete mir das jetzt den Rock.

Red Elk deutete auf Swan Necklace und mich. Wir stiegen von den Pferden und folgten ihm zu einem Tipi. Kinder zeigten mit den Fingern auf uns, als wir durch das Dorf gingen. Hunde bellten. Ich fragte mich, was die Assiniboin wohl mit uns vorhaben mochten.

Neben Red Elks Tipi kochte seine Frau Alighting Dove. Sie war eine kleine Frau mit flinken Bewegungen wie ein Vogel. Sie spießte ein Stück Antilopenfleisch auf einen Speer und hängte ihn über das Feuer. In einem großen Topf brodelte ein Brei. Der gute Geruch ließ mich ganz schwach werden.

Swan Necklace aß mit Red Elk und Charging Hawk, seinem Sohn, Alighting Dove und ich brachten ihnen das Essen.

Charging Hawk war ein junger Krieger. Er war älter als Swan Necklace, doch er hatte keine Frau. Er war klein und untersetzt, mit einer mächtigen Brust. Muschelschalen aus dem Land der Großen Wasser glitzerten grün, blau und silbern in seinen Zöpfen. Er trug mit Fransen verzierte Leggins und ein Lederhemd, das mit Elchzähnen gesäumt war. Kupferne Reifen schmückten beide Arme.

Red Elk erklärte Swan Necklace, dass wir noch eine lange Tagesreise vom Old Lady's Country entfernt seien. Wenn wir vor Sonnenaufgang aufbrachen, konnten wir es erreichen, ehe die Sonne wieder unterging. Swan Necklace nickte. Mit Zeichensprache erzählte er Red Elk davon, wie wir uns ergeben hatten, und Red Elk sagte, er habe unser Volk zu einem langen Marsch der aufgehenden Sonne zu aufbrechen sehen.

Nachdem die Männer gegessen hatten, bereiteten Alighting Dove und ich unsere Mahlzeit zu. Mein Hunger war so groß, dass ich mit unhöflicher Hast aß. Ich sah, dass sie mich beobachtete, und senkte beschämt den Kopf. Dann kaute ich langsam, bis mein Hunger gestillt war.

Alighting Dove betrachtete meine zerfetzten Mokassins und zog ein neues Paar für mich aus einem großen Bündel. Ich bedankte mich mit Zeichen und sie klopfte mir die Schulter. Sie schien freundlich zu sein.

Charging Hawk schenkte Swan Necklace ein Paar Mokassins, ein altes Hemd und eine Leggins. Als Swan Necklace das Hemd anzog, bedeckten die Ärmel kaum seine Ellbogen und die Leggins endete dicht unter den Knien. Red Elk und sein Sohn lachten bei diesem Anblick.

Ich vergaß allmählich meine Ängste und schlief in der Nacht sehr gut im Zelt von Red Elk.

Am Morgen war der Himmel rot gerändert, als wir uns noch vor dem Aufgang der Sonne auf den Weg machten. Alighting Dove gab uns ein Paket mit Wegzehrung und Red Elk schenkte jedem von uns zehn Kugeln für unsere Gewehre.

Wir waren erst ein kleines Stück vom Dorf entfernt, als ich einen Schritt hinter uns hörte. Das war alles. Es kam noch ein zweiter Schritt, dann blitzte ein Messer auf und Swan Necklace lag mit einer tiefen Wunde im Hals am Boden.

Ich fuhr herum und sah Charging Hawk das Blut von seinem Messer wischen. Mein Gewehr war nicht geladen. Ehe ich noch das Messer aus dem Gürtel ziehen konnte, wurde mir eine Schlinge um den Hals gelegt. Sie wurde fest zugezogen und die ganze Welt wurde schwarz.

Ich schlug die Augen auf. Über mir war die Wand von Red Elks Tipi. Meine Füße und meine Handgelenke waren zusammengebunden. Ich schaute mich um.

Alighting Dove saß neben dem Eingang. Sie nähte rote und blaue Perlen auf einen Mokassin.

Ich schloss die Augen und tat so, als wäre ich noch nicht wach. Angestrengt dachte ich nach. Ich erinnerte mich, wie Red Elks Augen beim Anblick unserer Gewehre geblitzt hatten. Ich wusste, dass Swan Necklace tot war, und fragte mich, warum ich noch lebte, aber es war mir nicht wichtig. Es war jetzt bedeutungslos geworden, ob sie mich töteteten oder nicht.

Zweiundzwanzig

Sieben Sonnen blieb ich im Tipi von Red Elk. Ich durfte es nicht verlassen, wenn Alighting Dove nicht die Leine aus Rohleder in der Hand hielt. In der Nacht wurde ich an einen Zeltstab angepflockt wie ein Pferd.

Die Gewehre, die Red Elk uns abgenommen hatte, konnte ich ständig vor mir sehen. Er wickelte die Läufe in ein Antilopenfell und lehnte sie gegen die Wand des Tipis. Den ganzen Tag sah ich sie an und den ganzen Tag dachte ich an den Verrat, der zum Tod von Swan Necklace geführt hatte.

Anfangs wusste ich nicht, warum sie mich am Leben gelassen hatten. Red Elk schenkte mir keinerlei Beachtung. Er blickte durch mich hindurch und sagte niemals ein Wort. Alighting Dove war freundlich, aber sie beauftragte mich niemals mit irgendeiner Arbeit, obwohl eine gefangene Frau doch sonst nicht untätig bleiben darf.

Ich belauschte ihre Gespräche. Nach einigen Sonnen bekamen manche ihrer Worte eine Bedeutung. Ich ließ sie nicht merken, wie viele Wörter der Assiniboin ich schon verstand. Aus ihren Gesprächen am Abend erfuhr ich, dass Charging Hawk einmal eine Frau gehabt hatte. Vor drei Schneezeiten war sie gestorben. Zu der Zeit hatte sie ein Kind erwartet und das Baby war mit ihr gestorben. Drei Schneezeiten lang hatte Charging Hawk getrauert und keine andere Frau angesehen, obwohl Red Elk ihn drängte, sich eine neue Frau zu suchen.

Jetzt hatte Charging Hawk seine Pläne mit mir. Er fand mich anziehender als alle Frauen der Assiniboin.

Aus ihren Worten erfuhr ich, warum Charging Hawk so viel Zeit im Tipi verbrachte, was für Krieger bei gutem Wetter ganz ungewöhnlich war. Er saß abseits, schnitzte Pfeile und beobachtete mich aus dem Augenwinkel. Wenn ich ihn ansah, grinste er dümmlich.

Bald hatte Charging Hawk einen Köcher mit Pfeilen gefüllt, von denen jeder so lang war wie sein Arm bis zu den Fingerspitzen. Es war deutlich zu sehen, dass es keine Kriegspfeile waren, denn sie hatten schmale Spitzen, die man leicht wieder aus dem Fleisch eines getroffenen Tieres herausziehen und noch einmal verwenden konnte. Pfeile, die für den Krieg bestimmt waren, hatten kurze, breite Spitzen mit Widerhaken. Sie saßen fest und zerrissen das Fleisch, wenn man sie herausziehen wollte.

Während der siebenten Sonne rieb Charging Hawk sein Haar mit Bärenfett ein und schlang Otternfell um seine Zöpfe. An seinen Ohren trug er Schmuck aus glänzendem Metall. Sein Lederhemd war mit grünen Borsten des Stachelschweins geschmückt. Von einem Schulterriemen hingen Haarsträhnen von Skalps, die er Feinden abgenommen hatte. Auf seinen Rücken war eine rote Hand gemalt, ein Zeichen dafür, dass er einen anderen Krieger im Kampf Mann gegen Mann getötet hatte. Um den Hals trug er eine Kette aus riesigen Bärenkrallen.

Von meinem Platz am Feuer aus beobachtete ich, wie Charging Hawk ein Stück entfernt ein Fuchsfell auf einem Pfahl befestigte. Dann ging er zu einer freien Stelle auf der anderen Seite des Tipis. Als er sicher war, dass ich ihm zuschaute, zog er eine Hand voll Pfeile aus einem Köcher an seinem Gürtel. Es waren so viele Pfeile, wie er Finger an beiden Händen hatte. Schnell schoss er einen nach dem anderen ab und seine Hände bewegten sich so flink, dass man sie kaum noch richtig erkennen konnte. Bevor der erste Pfeil das Fuchsfell getroffen hatte, war der zehnte schon in der Luft. Alle Pfeile trafen das Fell auf einer Fläche, die nicht größer als meine Hand war.

Wortlos zog Charging Hawk die Pfeile aus dem Pfahl und ging davon. Er hatte mir gezeigt, wie gut er mit Pfeil und Bogen umzugehen wusste. Ich konnte sicher sein, dass es allen, die in seinem Zelt lebten, niemals an Fleisch fehlen würde.

An diesem Abend sagte mir Alighting Dove, dass Charging Hawk mich heiraten wolle. Das sei ein großes Glück für mich, sagte sie. Die meisten gefangenen Frauen wurden Sklavinnen, doch als Frau von Charging Hawk würde ich eine Assiniboin sein.

Charging Hawk war ein großer Krieger und ein geschickter Jäger, doch ich empfand nur Hass für ihn. Und jetzt musste ich seine Frau werden.

Von diesem Tage an gab Alighting Dove mir Arbeit, doch sie arbeitete immer neben mir. Sie beobachtete mich genau und zeigte mir, auf welche Art die Assiniboin Wurzeln rösten und Fleisch trocknen. Sie erklärte mir auch, wie die Vorräte für den Winter gelagert wurden. Vieles taten sie nach der Art der Ne-mee-poo, manches auch ganz anders. Ich lernte, wie man Fleisch nach Art der Assiniboin kochte. Alighting Dove zeigte mir, wie man ein Loch in den Boden grub und mit ungegerbtem Leder auskleidete. Dann wurde das Loch mit Wasser gefüllt und ein großes Stück Büffelfleisch hineingetan. In das Wasser ließ sie große, heiße Steine aus dem Herdfeuer fallen und sie wechselte diese Steine immer wieder aus, bis das Wasser kochte. Jetzt wusste ich, warum ihr Stamm »Assiniboin« genannt wird, was so viel wie »Steinkocher« bedeutet.

Die Sonnen vergingen, der Winter kam. Tiefer Schnee bedeckte die Erde. Alighting Dove half mir, ein Kleid aus Elchleder zu nähen. Wie mein altes Kleid war es schneeweiß und hatte Fransen. Aber mein altes Kleid hatte Ärmel mit langen Fransen gehabt und wunderschöne blaue Federkiele auf den Schultern. Das neue Kleid war ohne Ärmel. Dafür bedeckte ein perlenbestickter Lederumhang meine Arme. Auf der Innenseite des Umhangs hingen viele Hermelinschwänze. Das weiche Fell würde mich auch beim kältesten Wetter wärmen. Ich hatte jetzt auch weiße Leggins und Mokassins.

Bei der Arbeit erzählte mir Alighting Dove von ihrem Sohn. Er sei so schnell, sagte sie, dass er auch ohne Pferd einen Büffel überholen könne, und so stark war er, dass er einen Grislibären über seinen Kopf stemmen konnte. Aus lauter Tapferkeit verbarg er sich im Kampf niemals hinter Steinen und Bäumen, sondern er ritt geradewegs auf die Feinde zu und forderte sie heraus, auf ihn zu schießen.

Ich senkte den Kopf und schwieg. Dabei dachte ich, dass er auch ein Mann ohne Scham war. Er hatte mit Swan Necklace gegessen und in einem Zelt geschlafen und doch hatte er seinen Gast getötet, um an sein Gewehr zu kommen.

Als das Kleid fertig war, rief Alighting Dove mich zum Feuer und gab mir ein Zeichen, mich neben sie zu setzen. Dann nahm sie eine Nadel aus Knochen, hielt sie in die Flammen, bis sie glühte, packte schnell mein Ohr und stach die Nadel hindurch.

Ich schrie vor Schmerz auf und griff nach meinem Ohr.

Alighting Dove hielt meine Hand fest, schüttelte den Kopf und bedeutete mir, still zu sein.

Drei helle Blutstropfen fielen auf meine Finger.

Alighting Dove steckte ein eingefettetes Stäbchen in mein Ohr, um das Loch offen zu halten. Dann tat sie dasselbe auch mit dem anderen Ohr.

Diesmal saß ich ganz still da und gab auch dann keinen Laut von mir, als die heiße Nadel durch mein Ohrläppchen drang.

Mit Worten und Zeichen erklärte mir Alighting Dove, dass alle Frauen der Assiniboin Löcher in den Ohrläppchen hätten. Und wenn die Löcher erst verheilt seien, könnte ich Charging Hawk heiraten.

Meine Ohren heilten viel zu schnell. Manchmal kratzte ich an den Wunden, damit sie offen blieben. Aber was ich auch tat: Die Rötung verschwand und das Fleisch war wieder glatt.

Die Assiniboin feierten ein großes Fest zu Ehren der Hochzeit ihres Häuptlingssohnes. Feuer loderten im Lager. Trommeln dröhnten, Pfeifen schrillten, Flöten fügten sanfte Töne hinzu.

Nach dem Festmahl, dem Tanz und dem Gesang würden Charging Hawk und ich ein neues Tipi beziehen. Die Häute, die es bedeckten, waren mit Büffeln und Schmetterlingen, mit Eisvögeln und Antilopen bemalt. Als ich sie betrachtete, musste ich an Swan Necklace denken und das Herz wurde mir schwer.

Ich zeigte meinen Kummer nicht, sondern zog meine neuen Kleider an und die Ohrgehänge aus silbernen und blauen Steinen, die aus fernen Ländern weit im Süden stammten. Alighting Dove erzählte mir, dass sie Charging Hawk drei Pferde gekostet hatten.

Da ich keine Eltern hatte, mit denen sie Geschenke austauschen konnten, standen Red Elk und Alighting Dove zu meinen beiden Seiten und baten um den Segen des Großen Geistes. Charging Hawk legte mir eine wunderschöne Hermelindecke zu Füßen, weiß wie Schnee und weich wie eine Wolke. Niemand im ganzen Stamm hatte eine so herrliche Decke.

»Das ist unsere Hochzeitsdecke«, sagte Charging Hawk.

»Sie ist schön«, sagte ich, doch meine Lippen waren so steif, dass es mir schwer fiel, die Worte in der Sprache der Assiniboin auszusprechen.

Charging Hawk griff nach meiner Hand, während Red Elk über die Pflichten der Frau gegenüber ihrem Mann und die Pflichten des Mannes gegenüber seiner Frau sprach. Er bat den Großen Geist, uns viele Söhne zu schenken.

Die Männer nickten und die Frauen lächelten.

Jemand füllte eine steinerne Pfeife mit Tabak und reichte sie herum. Jeder Mann nahm einen tiefen Zug und reichte die Pfeife dann an seinen Nachbarn weiter.

Charging Hawk tat einen tiefen Zug und stieß den Rauch aus. Dann stand er auf und fing an zu tanzen. Er sang zum Rhythmus der Trommeln und tanzte um den Kreis der sitzenden Männer herum. Er nahm einen der Krieger an der Hand und zog ihn auf die Füße. Gemeinsam tanzten und sangen sie. Ein Mann nach dem anderen kam hinzu. Endlich sangen und tanzten alle Männer. Die Frauen klatschten in die Hände.

Der Tanz setzte sich bis tief in die Nacht fort. Der Rauch von den Pfeifen und Feuern hing so dicht in der kalten Nachtluft, dass man kaum noch den ganzen Kreis der Tänzer erkennen konnte.

Auf mich achtete niemand. Als der Tanz immer wilder und die Stimmen immer lauter wurden, nahm ich die Hermelindecke und zog mich von dem Kreis zurück.

Ich kroch durch die Reihe der Tipis und unterbrach meinen Weg nur, um ein Gewehr und einen Vorrat an Kugeln aus Red Elks Tipi zu nehmen. Sobald ich den Rand des Dorfes erreicht hatte, stand ich auf und rannte schneller, als ich jemals zuvor in meinem Leben gelaufen war.

Dreiundzwanzig

Ich lief, bis mich die Kräfte verließen. Mein Herz schlug wild und mein Atem ging keuchend. Ich krümmte mich und stützte die Hände auf die Knie.

Als ich wieder gleichmäßiger atmete, lief ich weiter. Ich ging, so schnell ich konnte. Ich ging, bis die Sterne verblassten und der Himmel grau wurde.

Ich überquerte einen zugefrorenen Fluss mit vorsichtigen Schritten, um nicht auszurutschen. Am jenseitigen Ufer kniete ich nieder und durchbrach das Eis mit einem Stein. Das kalte Wasser gab mir neue Kraft.

Wieder ging ich weiter. Die Sonne wärmte mich. Ich wollte immer weiter und weiter gehen, bis ich dieses Land hinter mir hatte. Gegen Abend würde ich jenseits der Grenze in Sicherheit sein.

Ich war noch nicht weit gekommen, als sich Wolken am Himmel zusammenballten. Es fing an zu schneien. Die vom Wind getriebenen Schneeflocken brannten in meinem Gesicht. Das Gehen wurde beschwerlich. Ich ließ mich in einen Graben fallen und zog die Hermelindecke über mich.

Als die Sonne wieder schien, hatte sie die Fläche meiner beiden Hände einmal und dann noch einmal zurückgelegt. Es wurde Zeit weiterzugehen. Ehe ich noch aus dem Graben steigen konnte, hörte ich Geräusche, deshalb kroch ich wieder unter meine Decke und wartete.

Ganz vorsichtig, um kein Geräusch zu verursachen, lud ich mein Gewehr. Dann lag ich still da und wagte kaum zu atmen.

Ein einzelnes Pferd galoppierte an mir vorüber.

Ich lugte unter der Decke hervor. Auf dem Rücken des Pferdes saß Charging Hawk. Seine Augen waren zusammengekniffen, sein Gesicht verriet seinen Zorn. Wenn er mich fand, würde ich für meine Flucht teuer zu bezahlen haben.

Während die Sonne über den Himmel wanderte, rührte ich mich nicht. Die weiße Decke fügte sich in das Schneeweiß ein. Schon aus drei Schritt Entfernung konnte ein Reiter mich nicht mehr sehen.

Ich schlief. Als ich erwachte, verdichteten sich schon die Schatten. Die Sonne stand tief, der erste Schnee blitzte am Himmel. Mit den Händen sammelte ich den Schnee von der Erde und aß nur so viel davon, dass mein Durst gestillt war. Ich wartete noch immer.

Endlich kam Charging Hawk zurück. Sein Pferd schimmerte weiß in der Dämmerung. Charging Hawk war müde, denn er hatte die ganze Nacht durchtanzt und war den ganzen Tag geritten. Der Kopf hing ihm auf die Brust und er hielt nicht mehr nach mir Ausschau.

Er ritt dicht an der Stelle vorüber, wo ich lag. Ich griff nach meinem Gewehr und zielte sorgfältig. Wenn ich schoss, würde die Kugel Charging Hawk mitten in den Rücken treffen. Langsam krümmte ich den Finger am Abzug. Aber dann sah ich vor mir die unzähligen Leichen, die über die Erde verstreut waren. Ich sah die Toten. Ich sah meine Mutter. Ich sah Swan Necklace. Ich sah Ollokot und Fair Land. Ich sah alle unsere toten Häuptlinge, unsere toten Krieger, unsere toten Frauen und Kinder. Ich sah die toten Blaujacken. Sie alle sah ich so klar, wie ich sie am Big Hole und an den Bear Paws gesehen hatte.

In meinem Kopf hörte ich die Stimme meines Vaters, die zu mir sprach: »Dieser Hass macht mir das Herz schwer. Alle Menschen sind vom selben Großen Geist erschaffen und doch schießen wir einander nieder wie Tiere.«

Ich nahm den Finger vom Abzug. Das Gewehr glitt mir aus der Hand in den Schnee. Ich hob es nicht auf. Irgendwann einmal musste das Töten enden.

In mir war kein Hass mehr. Ich sah Charging Hawk davonreiten, bis er nicht mehr zu sehen war. Es war vorbei.

Ich stand auf und ging auf Old Lady's Country zu.

Nachwort

Sound of Running Feet erreichte Sitting Bulls Lager. Dort fand sie White Feather, die mit der Gruppe von White Bird die Bear Paw Mountains verlassen hatte. Ungefähr ein Jahr blieb Sound of Running Feet bei Sitting Bull. Dann kehrte sie nach Lapwai zurück, nahm den Namen Sarah an und heiratete George Moses, einen Ne-mee-poo, der ebenfalls in der Reservation lebte. Ihren Vater hat sie niemals wieder gesehen.

Häuptling Joseph und die vierhundert Ne-mee-poo, die sich in den Bear Paw Mountains ergeben hatten, verbrachten den Winter im Fort Leavenworth in Kansas. Das Land, das man ihnen bestimmt hatte, lag zwischen einer Lagune und dem Fluss. Krankheiten befielen das Lager. Viele erkrankten an Malaria. Innerhalb weniger Monate war ein Viertel aller Ne-mee-poo tot.

Im nächsten Juli wurden sie durch die Sommerhitze in eine Reservation gebracht, die im heutigen Oklahoma lag. Die US-Armee hatte den Ne-mee-poo die einzige Quelle ihres Wohlstandes genommen: ihre Pferde. Und so lebten sie in Armut. Fast fünfzig von ihnen starben in der Hitze des »Eeikish Pah«, wie sie sagten, des »Heißen Ortes«.

Ein Jahr darauf wurden die Ne-mee-poo in einen anderen Teil Oklahomas verlegt, wo sie sechs Jahre unter entsetzlichen Bedingungen verbrachten. Ihre Unterbringung war unzureichend, eine medizinische Versorgung gab es praktisch nicht. Fast jedes in diesen sechs Jahren geborene Kind starb noch im Säuglingsalter. Inzwischen waren die meisten Kinder gestorben, darunter auch Bending Willow.

Erst im Jahr 1885 kehrten die ersten Ne-mee-poo in die Reservation Lapwai in Idaho zurück. In diesem Frühjahr wurde allen, die bereit waren, zum christlichen Glauben überzutreten, die Rückkehr gestattet. Aber Häuptling Joseph weigerte sich gemeinsam mit anderen, eine Religion anzunehmen, von der sie sich verraten fühlten. Sie wurden in die Reservation Colville im Osten des Staates Washington gebracht. Joseph sollte niemals mehr die verschneiten Gipfel sehen, den blauen See und die grünen Wiesen von Wallowa. Er verbrachte den Rest seines Lebens in Colville. Als er 1904 starb, gab der Arzt als Todesursache ein gebrochenes Herz an.

Anhang

Namensliste mit deutscher Übersetzung

Alighting Dove Fliegende (genauer: auffliegende) Taube

Antelope Antilope

Bending Willow Wiegende (»sich biegende«) Weide

Black Kettle Schwarzer Kessel

Charging Hawk Angreifender Falke

Deer Woman Hirschfrau

Dirty Face Schmutziges Gesicht

Eagle Robe Adlergewand

Fair Land Helles (oder: schönes) Land

Ferocious Bear Wilder Bär

Five Wounds Fünf Wunden

Gray Eagle Grauer Adler

Gray Panther Grauer Panter

Greedy Eagle Gieriger Adler

Lean Elk Hagerer Elch

Little Lark Kleine Lerche

Little Wound Kleine Wunde

Lone Bird Einsamer Vogel

Looking Glass Spiegelglas

Rainbow Regenbogen

Red Elk Roter Elch

Red Moccasin Tops »Red Moccasin« heißt »Roter Mokassin«; »tops« kann das Oberteil bezeichnen oder z. B. auch »Stulpen« heißen

Red Owl Rote Eule

Red Stone Roter Stein

Sitting Bull »Sitzender Bulle« oder »Sitzender Stier« (aber dieser Häuptling der Sioux ist so bekannt, dass es sich erübrigt, seinen Namen einzudeutschen)

Sound of Running Feet Etwa: »Flinkfuß«, wörtliche Übersetzung: Geräusch rennender Füße

Sour Tongue Saure Zunge

Springtime Frühlingszeit

Storm Cloud Sturmwolke

Swan Necklace Schwanenhalsband

Tall Elk Großer Elch

Thunder Rolling in the Mountains Donner, der in den Bergen rollt

Two Moons Zwei Monde

White Bird Weißer Vogel

White Feather Weiße Feder

Yellow Bull Gelber Stier

Yellow Hair Gelbhaar

Geographische Begriffe mit deutscher Übersetzung

Absaroka Mountains Absarokagebirge

Bear Paw Mountains Bear-Paw-(Bärentatzen-)Gebirge

Big Hole Großes Loch

Bitterroot Valley Bitterroot-(Bitterwurzel-)Tal

Camas Meadows Camas-Wiesen

Clearwater River Clearwater-(Klare-Wasser-)Fluss

Deer Meadow Hirschwiese

Hawk's Peak Falkengipfel

Old Lady's Country Land der alten Dame (= Kanada)

Rocky Canyon Felsschlucht

Salmon Creek Lachsbach

Salmon River Lachsfluss

Sand Creek Sandbach

Seven Devils Country Land der sieben Teufel

Snake River Schlangenfluss

Spirit Fountains Geisterfontänen, Geisterquellen

Wallowa Lake Wallowasee

Wallowa River Wallowafluss

White Bird Canyon White-Bird-(Weißer-Vogel-) Schlucht